변방의 언어로 사랑하며

변방의 언어로 사랑하며

이유운 시산문집

아침달

손차양을 만드는 마음

자주 울고 많이 사랑하기

나는 내일 처형을 당할
사람들 사이에 끼고 싶었다

—
앙리 베르그송의 유서,
1937년 2월 3일

당신의 뼈를 생각하며

당신이 또 여름이 왔다고 말하는 것은
축축하게 땀으로 젖은 내 등을
바람으로 깎아놓은 거친 손으로 훑어준다는 것을 의
미했다
손가락 끝이 유독 단단했던 당신의 손톱은 언제나
창백한 회청색이었다
손톱이 왜 파랗지요 하고 물으면
요 안에는 바람이 담겨 있어서 그렇다고 대답하던
당신의 입술에는 뼈가 없었다

당신의 손이 습한 등을 훑으면 와사삭 소름이 돋아서
정말로 당신의 손톱에는 바람이 담겨 있는 것 같았다
당신은 바람으로 나를 만지며……
내 등뼈는 당신 덕에 조약돌처럼 둥글어졌다

그리하여 아주 먼 미래에
누군가 내 등을 만지면
나는 바람으로 깎여 둥글고 부드러운 짐승이 되어
있었다

나는 그 먼 미래를 생각하면서
당신의 부푼 무릎 위에 바람의 모양을 그렸다

이제 그 먼 미래가 되어서 바람으로 깎인 나는
이즈음에는 꼭 당신을 생각한다
바람을 담고 있던 당신의 손톱과
바람의 모양대로 부푼 당신의 무릎

나는 여름이 오면 반드시 당신의 뼈를 떠올리게 되어
있다
　내가 만져보지 못한 당신의 뼈는 어떤 모양이었을까
하고

사랑의 뼈

모리스 블랑쇼가 말했듯, 사랑은 의지가 아니라 우주의 논리 속에 갑작스럽게 생긴 균열로 발생한다. "사랑한다는 것은 당연히 단 하나의 타자를 그 자체로서가 아니라 다른 모든 타자들을 가리고 무화시키고 유일한 자로서 염두에 둔다는 것이다."[1] 달리 말해, 사랑한다는 것은 전부가 형편없이 망가졌다가 이전과는 다른 방법으로 복구되는 것을 의미한다. 다시 만들어진 나는 전과는 다른 방법으로 걷고 말하고 이해한다. 여러 색깔과 빛의 사랑을 통과하면서 여러 번 망가지고 다시 만들어지는 것이다. 세상에서 가장 불완전한 파괴법이자 완전한 구원의 방법, 사랑. 이 사랑은 수많은 방법으로 정의될 수 있다.

내가 처음으로 경험한 사랑은 다음과 같은 형태를 띠고 있다. 흙냄새가 나는 손. 진통제의 부작용으로 파랗게 질린 손톱. 다정하고 나를 사랑하던 눈. 어디선가 깨져서 온 내 무릎에 빨간약을 발라주며 웃던 입. "무릎에 상처가 많으면 멀리까지 간단다." 라고 말하던 마음.

"어디까지 가는데?" 하고 물으면 돌아오는 대답은,

"우리 강아지가 가고 싶은 곳까지."

그래서 가고 싶은 곳을 많이 알아야 한다고 했다. 많

1) 모리스 블랑쇼, 『밝힐 수 없는 공동체』, 박준상 옮김, 문학과지성사, 2005, 73쪽.

이 읽고, 많이 배우고, 그래서 서울로 가고, 결혼하지 말고, 애도 낳지 말고, 강아지도 키우지 말고, 남자를 사랑하지 말고, 언제나 마리아님을 잃지 말고. 그 말들은 당신이 살아온 반경과는 정반대였다. 내가 그것이 싫어서 대답하지 않고 있으면 당신은 내가 아파서 그런 것이라 생각하고 서랍장에서 사랑방 캔디 통을 꺼냈다. 초록색 사탕에 혀가 베여서 나는 그 사탕들이 언제나 끝 맛이 비리다고 생각했다. 그 비린 맛의 원인이 나인 것은 모르고 말이다. 사랑과 미움은 내 안에서 나의 혀로 자랐다.

잠이 오지 않으면 내 이마를 짚으며 성경을 읽어주던 목소리를 떠올린다. 성경이 전하는 사도들은 '의'를 '으'라고 발음하지 않지만 나의 사도는 '의'를 '으'라고 발음하였고 신에게 바칠 쌀을 언제나 '살'이라고 읽었다. 나의 사도는 나만을 위해서 새로운 성경 구절을 만들어냈다. 나는 나의 사도가 좋았다. 나의 사도는 나의 발을 자주 씻겼다. 나의 사도는 가르쳐주지 않아도 혼자 한글을 깨치고 책을 읽는 나의 눈을 좋아했다. 그러나 동시에 속눈썹이 긴 나의 눈을 안타까워했다. 속눈썹이 길고 눈 밑에 눈물점이 있으면 많이 울 팔자였으므로.

"너는 많이 울 팔자이니 커서 많이 사랑하면 안 된다."

물론 나는 나의 사도의 가르침을 어른이 되기 전부터 한참 어겼다.

나는 사랑이 좋다. 마음이 쏠리는 그 병적인 상태를 사랑한다. 원래 나는 기울어진 인간이므로 다른 방향으로 기울어졌을 때 평균이 된다. 나도 누군가에게 사도가 되고 싶다고 아주 오랜 시간 생각했다. 그를 위해서 새로운 성경 구절을 말할 수 있는 사람이 되고 싶다고 생각하면서 글을 쓰고 무릎이 붓도록 뛰면서 살았다. 기록되는 경전이 아니라도 좋다. 나는 여전히 내 기도를 들을 사람을 기다리고 있다.

내 자매들을 떠올린다. 내 형제보다 가까운 그들은 나와 사이좋게 천사들의 이름을 나누어 가졌다. 그들도 나와 공유하는 것이 있다. 나와 같은 사도의 손에서 자랐다. 종교나 법, 혹은 기도를 말하지 않고 사랑을 말할 수 있다는 것은 그런 사랑을 받은 자의 특권이고 우리는 그런 특권을 가지고 있다. 같은 사랑 안에서 자란 자들은 통역이 필요하지 않다.

나의 사도는 이름이 예쁘다. 나는 나의 사도의 이름을 자주 말한다. 나의 사랑하는 할머니 권영래. 그 이름을 생각하며 시를 쓴다. 「당신의 뼈를 생각하며」는 신문에 할머니 이름을 내고 싶어서 쓴 시다. 세상에서 제일 다정하고 꽃을 좋아하고 단감을 좋아하는 그 사람의 이름은 권영래. 꽃이 핀다는 뜻. 나는 나를 버리고 싶을 때마다 그 이름을 곱씹었다. 그러면 나는 아무도 미워하지 않고도 살아갈 수 있는 힘을 얻었다.

사랑에 관해 말할 때 이름을 빼놓을 수는 없다. 내가 스물다섯이 되던 해 나의 선생님은 나에게 새로운 이름을 주었다.

『맹자』에 뭉게뭉게 피어난다[油然] 라는 말이 있는데, 여기에서 따서 유운油然이라 하면 어떻겠냐? 유운은 그리움이 피어나고 희망이 피어나며 경쾌한 인생을 전망하게 하지 않을까 한다. 네가 자의적으로 지은 호는 너무 어두워 데카당에나 어울리는 것 같다. 노자에 의거하려 하니 너무 늙은 사람에게나 어울리는 것만 생각이 나서 포기했다.

데카당도 늙은 사람도 아닌, 경쾌한 인생을 전망하는 나의 이름은 유운이 되었다. 나는 그 이름으로 나를 시인이라고 소개할 수 있다. 나는 이름들을 사랑하고 이름들을 신뢰한다. 나는 그런 방식으로 자랐다. 자라서 무엇이 되었는지는 모른다. 아직 배우는 중이다.

사랑 때문에 팔자 망칠 년.

어느 때인가 나를 이름 대신 이런 말로 칭하며 조롱한 사람이 있었다. 그는 병적으로 나에게 저주를 퍼부었지만 지금 나는 그를 생각하며 웃는다. 그 말은 내 인생을 관통하는 말이다. 그의 말은 틀리지 않았다. 오히려 그 점이 즐겁다. 나를 자주 팔아넘길수록 나는 구체적으로 살아 있다. 시간이 남으면 사랑을 했다. 아니, 사랑을 하려고 시간을 냈다. 그러니 그의 말이 그다지 모욕은 아니었다.

인생을 사랑에 자주 팔아넘기고 구체적으로 살아 있을수록 어른 같다. 어른이 된다는 건, 지금 생각해도 이상한 일이다. 19살의 12월 31일은 어린아이인데 20살의 1월 1일은 갑자기 어른이라니. 나는 갑자기 어른이 된 나를 감당할 수가 없었다. 나는 나를 먹이고 입히고 씻기는 일이 가장 힘들었다. 세상에서 나를 가장 싫어하는 사람은 바로 나였다. 나는 너무 거칠었다. 나는 누구보다 나를 견디지 못했고 그럴 때는 옆으로 누워서 울었다. 옆으로 누워서 울면 눈꺼풀에 눈물이 들어갔다. 눈꺼풀 안쪽이 아프면 지나치게 슬퍼졌다. 내가 고르지 않은 촌스러운 분홍색 꽃무늬 벽지도, 내가 쓰고 싶지 않았던 이상한 글들도, 읽고 싶지 않았던 사상들도 모두 나만의 비극 같았다.

그럴 때면 할머니를 생각했다. 나에게 상처를 하나도 주지 않은 사람을 생각하면 조금 기분이 나아졌기 때문이었다. 할머니와 보냈던 어린 시절들을 생각했다. 아무도 나를 상처 주지 않을 거라고 생각했던, 아니, 정확히 말하자면 상처가 무엇인지도 몰랐던 시절들을 생각했다. 다섯 살의 나에게 가장 중요한 일은 사랑방 캔디 통에 초록색 사탕이 몇 개 들어 있는지 알아내는 일이었고, 가장 불행한 일은 할머니가 깜빡하고 사과의 껍질을 모두 깎아버리는 일에 불과했다. 나는 물벼룩처럼 흔적도 없이 녹아버리고 싶을 때마다 그때의 기억들을 잘 말려서 덮고 누웠다. 손이 거칠고 손톱에는 검푸르게 멍이나 물이 들어 있고 골다공증으로 무릎이 부푼 할머니의 얼굴은 내가 덮은 기억들 중에 가장 따뜻하고 좋은 냄새가 났다.

어린 시절, 친할머니의 집에 가면 좀약 냄새가 났다. 나는 그 냄새를 맡으며 그들을 미워했다. 좀약을 먹은 모피 코트를 보면서 이것 때문에 죽은 동물들을 슬퍼했다. 친할머니가 그 코트를 입은 날이면 보통 우리 가족은 예쁘게 차려입고 좋은 곳에서 외식을 해야 했다. 나는 고기를 그다지 좋아하지 않는다. 그리고 보통 어린애들은 식단을 선택할 권리가 없다. 그럴 때마다 할머니는 나에게 타박을 놨다. 좋은 걸 줘도 못 먹는다고. 느이 동생 좀 보라고, 얼마나 잘 먹냐고. 그게 좋은 거라는 생각은 당신 것이었다. 언제나 엄마는 안절부절하지 못했다. 나를 미워하는 친할머니, 사이에 앉은 아빠, 가엾게도 아무 말도 하지 못하는 엄마, 고기를 잘 먹는 동생, 그들을 미워하는 나. 이 모든 게 미웠다. 집으로 돌아갈 때 나는 뒷좌석에서 동생과 포개져 자는 척했다. 그때 엄마와 아빠의 대화를 훔쳐 들으며 누가 나를 더 미워하는지를 잠자코 생각했다. 나는 그 미움이 모두 좀약 냄새 때문이라고 생각했다.

한편 외할머니의 집에 가면 성당에서 나는 향 냄새가 났다. 나는 그 냄새가 좋았다. 마음이 편해졌다. 그 냄새를 맡으며 친할머니 댁에서 무슨 일이 있었는지 낱낱이 일러바쳤다. 외할머니는 내가 좋아하는 잡채를 접시에 담아주면서, 유난히 당근과 시금치를 많이 덜어주었다.

"그 가서 미움 받지 않게, 여기서부터 먹는 연습 해라."

나는 서툰 젓가락질로 당근과 당면을 함께 먹었다. 사실 절반 정도는 남겼다. 그래도 아무도 뭐라고 하지 않았다. 사랑의 안에서 나는 미움 받아도 괜찮은 연습을 했다. 나는 어느 순간부터 외할머니를 할머니라고만 불렀고 친할머니는 성수동 할머니라고 불렀다. 나는 사랑을 주는 사람을 고유명사로 부르고 싶었다.

　　할머니는 점촌 사람이다. 점촌에서 유난히 곱던 어린 딸, 권영래 씨는 결혼을 하고 서울에 올라와서 쌀집을 했고 독서실도 했다. 아들 둘과 딸 하나를 낳았다. 그 딸이 나를 낳았다. 딸은 살기 힘들어서 면목동에서 아이들을 가르쳤다. 나를 봐줄 시간이 없었다. 그래서 권영래 씨는 나를 업고 지냈다. 동네 사람들이 다 할머니와 나를 알았다. 저기, 맨날 애기 업고 성당 가는 할머니. 권영래 씨는 내 아주 먼 과거부터 할머니였다. 나를 업은 채로.

　　나는 키가 작다. 할머니는 그게 다 어렸을 때 안 자고 안 먹어서라고 말씀하신다. 내가 어렸을 때는 아이에게 모유보다 분유를 더 많이 먹였다. 그런데 괘씸하게도 어린 나는 분유를 잘 먹지 않았다. 그래서 영래 씨는 매일 쌀을 쒀서 미음을 만들었다. 좋은 걸 줘도 못 먹는다고 말하는 대신 흰쌀 한 움큼을 아침마다 쑤었다. 많이 울고 잘 자지 않는 어린 나에게 매번 미음을 먹이고, 우느라 잠을 자지 않는 나를 속눈썹이 참 길다고, 그러니까 이렇게 마이 울제…… 하고 타일렀다. 이상하게도 그런 말을 들으면 자꾸 마음이 가라앉았다. 내가 많이 우는 것은 팔자였다. 운명처럼 많이 울었다. 그렇게 내 울음의 연원을 설명하는 게 좋았다. 원인 없이 우는 것은 미워함의 대상이 뚜렷하지 않다는 뜻이므로.

옛날 할머니 집에는 동화를 읽어주는 테이프가 있었다. 나는 그걸 늘어질 때까지 들었다. 그리고 잘 때 나를 토닥이는 할머니의 목소리를 들으며 할머니의 목소리가 늘어질 때를 사랑했다. 잠에 취한 그 목소리의 순간을 사랑하며 나는 자랐다. 내 뒤통수가 유난히 동그란 것은 하도 울고 자지 않는 나를 매번 안고 있었던 사랑들이 만든 모양이다. 나는 어디선가 미움받고 어디선가 사랑받으며 흔하게 자랐다.

내가 사랑받고 자란 집. 그 집에서는 모두가 나에게 무언가를 먹이고 또 무언가를 가르쳤다. 어린 내가 기억하는 그 집의 풍경은 이랬다. 오후 세시쯤에 햇빛이 마름모꼴로 의자에 비치면 할머니는 내가 먹을 무언가를 만들었고 증조할머니는 나를 앉혀놓고 어떻게 손을 모으고 기도를 해야 하는지를 알려주셨다. 그건 종교가 아니라 사랑의 학습이었다. 사랑이라는 의식^{ritual}은 기도를 하기 위해 손을 모으는 것처럼 특정 행위를 반복하고 연습하면서 비로소 가능해지니까 말이다.

마름모꼴의 햇빛 위에 앉아서, 증조할머니는 당신이 아주 오랫동안 반복해온 행위를 그대로 나에게 물려주었다. 나는 그의 신체가 사랑에 익숙해져 있다고 생각했다. 노란 햇빛이 투명하게 빛나는 그만의 세계. 그 세계를 꾸려나가는 힘은 오랫동안 써서 다소 남루해진 사랑이었다.

　나에게 증조할머니는 아주 작고 마른 종잇장 같은 모양으로 남아 있다. 당신이 살아온 시간 동안 천천히 개켜지고 접힌, 마른 얼굴에는 켜켜이 사랑이 기록되어 있었다. 시간에 눌려 그 몸이 모두 곱게 접혔을 때 동생이 태어났다. 미움과 사랑처럼 삶과 죽음은 이렇게 한집에서 맞물려 있었다. 나는 동생을 내려다보면서 이상하다고 생각했다. 누군가 태어나고 죽는 일이 같은 집에서 일어난다는 게. 나는 동생이 증조할머니를 잡아먹고 태어났다고 미워했다. 언니와 내가 거쳐가며 낡아빠진 요람에 누워 있는 동생을 보며 나는 미움을 배웠으며, 그 미움을 적당히 덜어내고 생긴 자리에 사랑을 채우는 법도 배웠다. 그 방법은 사라진 사람의 등을 오래도록 생각하고 기억하는 것이었다. 사라지더라도 없지 않게.

　누군가의 등이란 꼭 기억해야만 하는 소중한 것이다. 푹 파인 뼈를 천천히 따라 훑으면 나를 만나기 전 그가 어떤 길을 걸어왔는지 알 수 있다. 동그랗게 옹송그린 뼈를 한 사람은 다정했고, 곧고 굵직한 뼈를 한 사람은 솔직했다. 그 뼈에 맺힌 빛이, 그들이 나를 만져 만들 때마다 나에게도 조금씩 옮겨왔다. 나는 영원한 삶과 부활하는 육체를 약속하는 신이 아니라 나의 살갗을 만지는 사람들로부터 사랑을 읽는 능력을 배웠다. 그 손들의 감촉을 신앙으로 삼았다. 모든 것을 오래 기억하고 만지며 많이 사랑하고 사랑받으며 살겠다는 말을 나의 기도문으로 세웠다.

사랑받을 줄 알아야 사랑하는 사람이 된단다, 하고 나무 등걸 같은 손으로 내 머리카락을 쓰다듬던 할머니의 목소리를 생각할 때마다 그에게서 나던 냄새가 생각난다. 옅은 대추 냄새, 약 냄새, 손끝에 배어 있던 고된 삶의 냄새. 나에게서 흐르는 것들에게 책임을 지는 사람이 되어야 한다고 나를 가르치던 늙은 얼굴도 사랑을 말하면서 젊었던 시절이 있었을 것이다. 그들이 나를 사랑하기 위해 사랑했던 수많은 기억들에 나는 책임감을 느낀다. 나의 탄생과 함께 그들은 나에게 늙은 여자가 되었다. 늙은 여자가 되어 나에게 사랑을 가르쳐준, 나의 가장 오래된 사랑. 나는 그 연원을 위한 서문을 쓴다.

모든 사랑하는 것들은 연결되어 있다.

영원히 해피투게더

　나는 무언가를 탁월하게 하는 능력이 있는 작가들을 사랑했다. 거짓말을 탁월하게 잘하거나, 자신의 이야기를 탁월하게 모른 척하거나, 자신의 사랑을 탁월하게 내버릴 줄 아는 사람들. 나는 그들이 가진 능력을 부러워하고 내 마음속에 그것들이 흉터를 남기며 흐트러지고 스쳐 지나가기를 원하면서 자랐다. 그래서 갓 어른이 되었을 때는 나는 스스로가 텅 비어 있기를 원하는 이상한 아이였다. 내 안에 아무것도 있지 않아야만 무언가가 지독하게 나를 채워줄 수 있을 거라고 믿었다.

　나는 나를 파멸로 끌고 가는 사랑을, 그리고 구원처럼 내 앞에 나타날 애인을 원했다. 이런 헛된 소망을 지속하다 보면 나는 내가 동경한 작가처럼, 수영을 마친 뒤 뜨거운 햇빛에 누워 젖은 날개뼈 사이를 말리면서, 선글라스로 눈을 가린 채, 나를 사랑할 사람들을 고를 수 있을 것 같았다. 나를 차례대로 사랑에 쓰고 버려줘. 나는 나를 지나치는 모든 사람들에게 그렇게 소리쳤다.

　그리고 어떤 자들은 나에게 다가와 정말로 나를 쓰고 버렸다. 그들이 나를 쓸 때마다 나는 사랑의 사용품이 되었다는 생각에 충만한 척했다. 그것이 몇 번 반복된 이후, 나를 텅 비울 수 있는 건 내 능력 밖의 일이라는 걸 알았다. 나는 좀 구질구질하고, 쿨하지도 않고, 끈적거리고, 말도 안 되게 성실한 면모들이 있다. 나는 이 면모들이 내가 사랑했던 작가들과는 어울리지 않아서 슬펐다. 작가가 되려면 충분히 비극적이어야만 된다고 생각했기에. 나는 내가 탁월하게 비극적이지 않아서 슬펐다.

이런 생각을 언젠가부터 그만하게 되었다. 언제부터였을까? 나를 감당하는 게 힘들어 도망가고 싶다고 울었던 여러 연인들의 앞에서, 내가 사실 너를 사랑하지 않는다는 말을 했을 때부터? 나를 비우고 긁어내는 것보다 매일 책을 읽고 복싱을 하는 게 내가 더 잘하고 좋아하는 일이라는 걸 알았을 때부터? 딱 잘라 말할 수는 없겠지만 내가 사랑이라고 착각했던 것들은 일시적 로맨스였고 자해의 일종이었다. 물론 그때는 그게 최선이었다. 다시 그때로 돌아간다고 해서 갑자기 건강하게 새벽 수영을 가지는 않을 것이다. 모든 것을 알고 있다고 하더라도 나는 돌아가면 똑같이 행동할 것이다.

나는 죽고 싶다고 매일 말하면서 사실은 죽고 싶지 않았다. 스스로를 학대했던 날들이 억울해서 처음부터 다시 시작하고 싶었지만, 그럴 수 있는 가장 간편한 방법이 죽는 것이었기에 그렇게 말했던 것뿐이었다. 나는 매일을 채우는 걸 퍽 좋아한다. 내가 좋아하는 초록색 빛깔로 모든 걸 훑어 내리고 싶다. 내 마음 잔뜩 긁힌 상처들은 어떻게 할 거지? 아직도 어린애처럼 반창고를 붙이고 있는 내가 나에게 물었다. 그 상처들은 충분히 깊고 넓기 때문에 책꽂이가 모자라 점점 바닥으로 쏟아져 내리는 책들을 좀 꽂아놓을 수 있을 것 같다. 그런 마음은 좋은 것이다.

좋은 마음, 성실한 자세, 곧은 뒷목. 나는 이제 그런 것들을 동경하기 시작했다. 그리고 그런 것들을 좋아하며 사랑에 무관심하게 충실할 수 있다는 걸 배우고 있다. 네가 없으면 죽을 것 같아. 매일 내 생각만 해줘. 나는 죽고 싶을 때마다 네 생각을 할래. 그런 어리광은 이제 좀 피곤하다는 걸 알고 있다. 그리고 더 이상 나를 학대하기 위한 에너지는 남아 있지 않다. 그 대신에 악문 턱이 바들바들 떨릴 때까지 플랭크를 할 에너지가 남아 있다.

안에 있던 것을 다 쓰고 남은 빈 유리병마다 나는 접시꽃이나 코스모스를 꺾어서 꽂아두고 있다. 빛이 창을 통해 들어와 카펫 위로 넘실거린다. 형체 없는 빛의 자국은 내 흉터를 닮았고 그런 것들도 아름다울 수 있다. 아름다움의 가능성은 아주 많은 곳에 있기 때문이다. 내 책상 바로 앞에는 창문이 있는데, 이 창문은 아주 오래돼서 못이 삐쭉 튀어나와 있다. 언젠가 우리 집에 다녀간 친구가 이 못에 마커로 작은 꽃을 그려두었다. 낡고 오래된 내 마음 안에 엽서처럼 타인들의 순간이 쌓인다. 이것은 명백히 아름답다.

판사 없는 삶

　도망치는 삶과 비겁한 변명들을 우아하게 쓰려고 노력하기. 이것이 바로 내 인생의 서문이다.

　누군가를 죽이는 상상을 많이 한다. 그런데 그 상상의 끝에서 나는 내가 죽이고자 했던 그 사람들이 한때 나를 사랑했다는 사실을 깨닫는다. 과거의 그들이 나에게 보여줬던 미소를 상상한다. 난 친구들이, 연인들이, 가족들이 나를 보고 웃는 것을 좋아했다. 그 웃음은 종종 비웃음이었지만, 때로는 한없이 다정해서 나는 그들이 나를 진심으로 사랑한다고 생각했다. 그것이 착각이라는 것을 알게 되었을 때 그들이 더없이 미웠지만, 그들에게 상처를 주기에 나는 나약한 사람이었다. 그래서 상상 속에서 그들을 죽였다. 그러나 그들이 나를 사랑한다 믿었던 기억은 잊히지 않기에, 나는 그들이 보여준 미소 앞에서 그들을 용서했다. 결국 그들 대신에 나를 죽였다. 그렇게 모든 상상은 나에게로 귀결되었다.

　이런 상상 없이도 즐거웠던 때를 자주 생각한다. 살고 싶으니까. 그때를 돌이켜보면 언제나 내 사촌 자매들이 있었다. 우리는 여름마다 탈출 놀이를 하고, 서로의 얼굴에 우스꽝스러운 화장을 그리고, 손톱에 봉숭아물을 들이고, 칼국수를 만들어 먹었다. 내 10대 여름들은 모두 그들과 함께였다. 나는 멀리서 온 자매들의 피부 냄새를 맡았고 뻣뻣한 머리카락을 만졌다. 그들의 머리카락은 땋으면 잘 풀리지 않았다. 린스 안 했어? 했어. 엉킨 머리카락을 어설픈 손가락으로 풀 때, 뜨거운 햇빛이 손가락에 닿았다. 그런 순간들이 영화 속 장면들처럼 남아 있다.

나는 여름마다 그들이 캐나다에서 사 오는 오르골과 보석함을 좋아했다. 그런 것들을 자기 전에 머리맡에 두면 내 머리카락도 그들과 비슷한 모양으로 엉킬 것 같았다. 가끔은 그들이 멀리 산다는 이유만으로 외할머니가 그들을 더 좋아했기 때문에 질투했지만, 나도 이제 안다. 그 마음이 무엇인지. 여름마다 오는, 그래서 꼭 환각이나 꿈처럼 스쳐 지나가는 사랑을 붙잡으려 하는 마음.

그리고 그 마음은 나에게 건강한 생각을 하게 한다. 우리 같이 깊은 수영장에 다이빙을 하던 것, 사람이 많은 해운대 해수욕장에 누워 있던 것, 찜질방에서 계란을 먹던 것, 버블티를 처음 먹던 것, 밴쿠버의 호숫가에서 어설프게 인라인 스케이트를 타던 것, 이상한 것들을 잔뜩 넣은 라자냐를 만들고 뒷산에서 블루베리를 많이 따던 것.

그런데 우리 손이 닿는 높이의 블루베리들은 개 오줌이 묻어서 못 먹는대. 다들 알고 있었어? 나는 몰랐어.

우리가 기억하는 여름은 아직 내가 열두 살일 때에 멈춰 있는 것 같다. 새벽에 동대문 시장에 가고, 할아버지와 뒷산에 뛰어서 오르고, 할머니와 아주 멀리 여우골까지 걷던 여름. 나는 자꾸 그런 것들만 생각한다. 이제 나의 여름은 더 이상 그렇지 않은데. 나의 사촌들은 경계의 크리올[2])이 되었고 나는 이방인이 되었다. 나는 그 경계에서 위태롭게 서 있다. 이것 좀 봐, 나는 여전히 그때처럼 서 있어. 내가 소리친다. 그런 나를 두고 모두 변하고 있다.

변하는 것들에 익숙해져야 하나? 익숙해지면 뭐가 되지? 그게 어른이 되는 건가? 다른 사람들은 어떤지 모르겠는데 나에게 변하는 것이란 잃어버리는 것에 가까운 것 같다. 많이 잃어버리면 어른이 되나?

나는 관사가 없는 삶을 결정할 수 있는 사람이 부러웠다. 수많은 언어와 시간이 겹쳐진 삶을 사는 사람이. 나의 자매들은 영어가 자연스러웠고, 한국어와 영어를 섞어서 꿈을 꿨다. 나는 그 중첩된 언어로 할 수 있는 여성의 사고가 부러웠다. 나는 시기와 질투 사이에서 내 언어를 찾아 헤맸다. 지금도 나는 그 언어를 찾지 못했고, 비겁하지만 가끔 사랑에 기댄다.

그런 욕심을 버려야 한다는 생각도 들지만, 욕심을 버릴 수 없는 대상도 있다. 이렇게 말하자니 진부하고 짜증나게 느껴지지만, 내게는 문학이 그렇다. 최근 어떤 친구가 나에게 후아나 비뇨치의 시를 두고 나와 닮았다고 말했다. 그가 나의 어떤 면을 보고 비뇨치와 닮았다고 했는지 알 수 없지만, 어떤 글이 나의 인간상과 닮았다고 하는 말은 나에게 아주 특별하다. 게다가 그 대상이 비뇨치처럼 변방의 언어를 사용하는 작가들이라면 더욱이나 그

2) Creole. 식민지에서 태어난 유럽인의 자손들. 현재는 주로 현지인과 유럽인의 혼혈을 뜻한다.

렇다. 주변의 언어를 사용한다는 건 중앙의 언어를 거쳐야 가능한 일이다. 중앙의 언어를 깊이 사고한다. 숙고 끝에 그들이 오랫동안 점유해온 경계의 무너진 틈을 훑을 수 있게 된다. 그 틈을 만지며 상상한다. 중앙을 뛰어넘은 변방에는 무엇이 있을지, 혹은 무엇이 없을지. 그곳까지 뛰어가면 나를 어떻게 말할 수 있을지.

이런 변방의 언어를 사용하는 작가들은 높은 확률로 고향을 상실했다. 내 자매들처럼. 그래서 나는 고향을 상실하고 경계의 크리올이 된 자들을 질투한다. 그들의 비극을, 그리고 그 비극에서 생겨난 예술을.

고향은 "하나의 힘이며 신비이다. 우리는 간단히 고향으로부터 비틀거리며 뛰어나오지도 않으며 또 그렇게 고향으로 돌아가지도 않는다. 고향으로부터의 이탈은 한 막의 신화적 고별이다."[3] 이런 신비한 삶의 근원에서 유리되어 터벅터벅 걸어가고 있는 자들이 즐비한 시대를, 하이데거는 고향상실Heimatlosigkeit의 시대라고 명명하고 슬퍼하거나 증오했다. 그러나 모든 사람들이 사이좋게 삶의 근원성을 잃어버린 지금, 고향상실의 감각은 애도의 대상이 아니다. 오히려 근원을 잃어버리고 허공에 머무는 자들만이 쓰고 읽을 수 있는 마법적인 언어의 힘이 있다. 그런 것들을 나는 질투한다.

하지만 나는 불완전한 사유에 특화되어 있다. 나는 사랑 없이도 죽음을 사유할 수 있으며 고향 없이도 고향상실을 사유할 수 있다. 이것은 나의 타고난 재능이다. 나

3) 율리히 호이저만, 장영태 옮김, 『횔덜린』, 17쪽, 행림출판사, 1980.

는 이 재능을 고향상실의 신화를 번복하고자 하는 수많은 미친 여자들에게서 물려받았다. 보통 이와 같은 여자들은 강하다. 저주받은 과거가 있으므로.

20대 초반에 튀르키예 여행을 갔었다. 그때부터 지금까지 쭉, 나는 이유 모를 어지럼증과 편두통에 시달리고 있다. 여름의 튀르키예는 살이 구워질 것처럼 뜨거웠다. 나는 튀르키예의 곳곳에서 자주 어지럼증을 느꼈다. 더운 공기 때문이기도 했고, 내 지병에 가까운 편두통과 신경질 때문이기도 했다. 더위에 숨이 턱 막히고 시야가 블랙아웃이 되면 '이거 다 튀르키예 때문이야. 이 신화의 땅이 그래.' 하고 튀르키예 탓으로 돌렸다. 하지만 그게 거짓이라는 걸, 내가 어릴 적부터 내 머릿속에서 울던 끔찍한 푸른 인간의 소리 때문이라는 걸 사실은 나도 알고 있었다. 나는 이것을 고향에서 떨쳐버리고 싶어서 자꾸 고향을 찾아다녔다. 내가 태어난 곳과 나 이전의 여자들이 태어난 곳, 나 이전의 여자들이 죽은 곳, 내가 아는 여자들이 죽은 곳. 그러나 어디를 가더라도 '그간 이곳을 상실하고 살았구나.' 라고 느낄 수 있는 곳은 없었다.

그래서 여행을 많이 다녔다. 도망 다니는 것을 여행이라는 멋진 말로 포장할 수 있었다. 나는 공항에 도착하는 순간을 여행의 과정에서 가장 좋아했다. 비인간적으로 푸른 공간에서 어디로 가야할지 모르는 사람처럼 캐리어의 손잡이를 부서져라 꽉 잡고 있었다. 공항에서는 소독약 냄새가 났고 나는 금세 어지러워졌다.

나는 그 공간적 어지러움에 왜 그렇게 집착했을까? 그 어지러움의 연원을 물질적이고 구체적으로 이해하지 못한다면 고독의 연원도 설명할 수 없게 될 것이고 나는 그것이 가장 두려웠다. 나를 둘러싸고 벌어지는 일에 대해 내가 무지한 것.

　　내가 이런 문제들을 해결하는 방법은 언어에 의존하는 것이다. 끈적하고 불쾌하고 촉각적인 어떤 것을 명료하고 단호한 시각적인 것으로 분해하고 잘라내고 전시한다. 그렇게 모든 것을 잘라내면 무엇이 남나? 그래도 무엇이 남는다. 지긋지긋한 일이지만 그 희미한 어떤 것에서 뚜렷하게 남는 것을 찾는다. 그 과정에서 외로움과 고독도 구분할 수 있다. 필요한 것은 폭력적이지 않은 언어, 그러면서도 밝지 않은 언어다. 섣부른 다정함이나 따뜻함을 말하는 것은 아니다. 나는 본디 그런 것에는 재주가 없다.

　　그저 나는 비범한 사람이 되고자 하는 것이다. 내가 추상으로 인해 지나치게 구체적으로 된 것 같으면 서서히 투명해지고 싶다고 생각하고, 손가락의 굳은살을 문지르며 이것이 사랑과 불면의 흔적이라고 말하는 방식을 익히는 것이다. 이것은 내가 있게 한 사랑의 방식이다.

　　어떤 마음은 풍경처럼 지독하게 오래 남는다. 덜 익은 마음이 부딪히는 소리가 많이 나던 때가 특히 그렇다. 입을 맞추는 소리와 닮은 소리. 그 소리는 축축하고 슬프다.

빛의 탄생

그 빛은 희고 둥글었다 끌어안기 충분할 정도로
새로 태어난 아가의 방에 모빌 대신 걸어두기 좋았다

아가들은 정수리로도 숨을 쉰다잖아, 어쩌면 정수리
로 우릴 볼 수 있을지도 몰라.

언니는 구슬을 꿴 실로 빛을 예쁘게 묶었지만 나누
어 앉은 우리의 방에서는 아무도 웃지 않았고

우리의 아가는 여름에 태어났으므로 이마에 낙인이
있었다
나는 그걸 손톱으로 벗기고 긁어내고 울고 소리를
지르고 원망을 하고 그랬지만 아무튼 한때 태어나곤 했
던 것들이 이 세계에서는 흔들리고 죽곤 하니까

우리 아가
너는 언니가 사서 비닐봉투에 담아 왔었지
검은 입구에서 머리를 빼쪽하게 내민 너를 보며
나는 그 모양이 새의 부리를 닮았다고 생각했어

조금 징그러웠던 것 같아

우리를 닮았어

언니는 나의 기분과 언니의 목소리를 아가에게 비추
어보았다

끊임없이 성실하고 잔인하게

베고니아 화분을 아가의 머리맡에 두기도 했다

베고니아의 꽃말은 사랑을 주는 꽃이라는데

쉼 없이 꽃을 피우는 화분을 보면서

아가의 성장이 계속되었다

사랑과 혼란

아가가 자랄 때마다 왜 언니는 우는 걸까

아가가 다 자라서 집을 사주면 좋은 일이잖아

나는 언니가 묶어둔 빛을 풀었다

그만 자러 가자, 나는 언니의 손을 잡았고
언니는 아가보다 덜 자란 눈으로 자신이 잠든 사이
내가 아가를 가져다 버리지 않을 가능성을 계산하고 있
었다

잔인한 농담
그것을 가늠하는 상스러운 사랑

이해하지?

그럼에도 나는

빛을 믿는 사람을 사랑하기를 그만둘 수가 없고

예리하게 가꿔온 마음이 어느새 창백해지고 있었다

내 앞으로 오는 사랑에 대해

　오직 사랑으로 움직이는 사고가 얼마나 대단한지 사람들은 잘 모른다. 지금 당장 손을 잡고, 입을 맞추고, 같은 색의 옷을 사는 건 사랑의 사고가 아니다. 내가 좀 더 많이, 다만 느리게 걷고, 먼저 사과하고, 더 많이 고맙다고 말하는 것이 사랑으로 움직이는 사고다. 이 사고에 가장 중요한 건 그야말로 '굉장한' 체력과 인내심과 여유다.

　사랑은 발산의 작용이다. 이 작용이 온전하기 위해서는 내가 충만해야 한다. 난 부족하고 가난한 상태에서 사랑하고 싶지 않다. 내가 힘들고 텅 비어 있을 때 채워주는 것이 사랑이라고 생각하지도 않는다. 나는 충만하고 건강한 순간에 취미처럼 하는 사랑이 좋다.

　이렇게 말하고 있지만 충만하기는 어렵고 그 충만한 마음으로 발산의 작용을 하는 건 더 어렵다. 나는 비겁하고 게으르기 때문에 내가 하고 싶은 형태의 사랑을 아직 완전히 해보지는 못했다. 나는 자꾸 사랑 앞에서 구구절절한 사람이 된다.

　사랑이 내 앞으로 성큼성큼 다가올 때 나는 가끔 공포를 느낀다. 그것은 조금도 망설이지 않고, 솔직한 얼굴로 다가온다. 그 맑고 환한 낯은 내가 한 번도 가져본 적

없는 것이라서 나는 그런 낮을 어떻게 대해야 할지 모르고, 그러면 괜히 그 환한 낮과 비슷해지고자 나를 억지로 꾸미게 된다. 억지로 꾸민 얼굴은 쉽게 부서지고 망가진다. 얼굴을 꾸민다는 건 이래서 어려운 일이다.

너무 솔직해서 무서운 얼굴로 다가오는 사랑을, 준비하지만 기약하지는 않는 마음으로.

나는 그 사람의 굳셈과 신실함과 향을 믿는 편이다. 갑자기 성실한 '태도'와 물리적인 '향'을 함께 엮는다는 게 이상해 보일수도 있다. 하지만 후각은 유일하게 현실에서만 경험할 수 있는 감각이라고 한다. 꿈에서는 냄새를 못 맡는다고. 그러니까 나를 속일 수 없는 유일한 감각은 후각인 셈이고, 나를 현실로 끌어당기는 감각이기도 한 것이다. 지속적으로 향이 나는 사람이 되기 위해서는 부단한 성실함이 요구된다. 나에게 있어 성실한 태도와 향이 따라붙는 이유이다.

몇 년 전 여름, 학교를 졸업하기 전 내가 사랑했던 공간들에서 사진을 찍고 싶었다. 그래서 남화정 작가와 햇빛이 노랗게 들어오는 학교에서 사진을 촬영한 일이 있었다. 나는 그가 올리는 인터넷상의 작업물로 그를 먼저 알고 있었는데, 그는 원래 캘리그라피스트였다. 펜과 붓으로 유려하고도 섬세한 글씨를 써 내려갔다. 그 글씨는 곧을 때도, 부드러울 때도 있었지만 모두 유려했다. 그리고 그가 작업 중간중간 올리는 이야기들이 모두 정말로 글씨에

진심이라는 걸 보여주는 것 같아서 나는 그가 실제로 어떤 사람인지 궁금해졌다. 흔한 이야기지만, 글씨는 그 사람을 보여준다고 하질 않나. 그렇게 곧고도 아름다운 글씨를 쓰는 사람이 궁금했고, 그래서 그가 사진 촬영도 한다고 했을 때 냅다 하고 싶다고 했다.

그와 만난 날은 햇빛이 아주 강한 날이었다. 그를 처음 만나 인사했을 때, 그에게선 먹 냄새가 물씬 났다. 조금 씁쓸하고 비릿한 먹 냄새. 아니, 어떻게 글씨를 쓰는 사람이라고 먹 냄새가 난담? 나는 그렇게 생각하면서도 그가 정말로, 무언가를 쓰고 만들어내는 사람이라고 생각했다.

나중에 안 사실이지만 그건 진짜 먹 냄새는 아니었고 특정 브랜드의 향수 냄새였다. 어쩜 그렇게 자신이 만들어내는 것과 같은 결의 향수를 고를 수 있는지. 그런 사소해 보이는 것들 하나하나가 자신과 자신이 만들어내는 것에 확신이 있어야 가능한 것일 테다.

그럼 나에게서는 무슨 향이 나야 할까. 이럴 때 글을 쓴다는 건 좀 불리한 것 같다. 가끔 그림을 그리는 친구들이 SNS에 '오늘은 특별히 콘테를 써봤다'든가, '펜 툴을 바꿔봤더니 그림의 느낌이 달라졌다', 라고 올리는 경우가 있다. 다양한 도구들로 자신이 세상을 어떻게 바라보는지 매번 다르게 표현할 수 있다는 게 부럽다. 나는 '오늘은 특별히 워드로 원고를 써봤다, 한글이 아니라.' 이 정도로밖에 도구의 다양성을 피력할 수 없다. '작가 같은 향'도 잘 상상이 가지 않는다. 먼지를 먹고 눅눅해진 종이 냄새는 싫다.

그런데 고백하자면, 내가 가장 좋아하는 냄새는 실제로는 존재하지 않는 냄새다. 내가 종종 소설에 쓰는 표현이 있는데, '흑심이 묻은 손과 그 냄새'다. 사실 흑심에선 특별한 냄새가 나지 않는다. 그리고 연필을 깎다가 손에 묻은 흑심은 땀이 나면 알아서 금방 지워진다. 원래 없는 냄새와 쉽게 지워지는 흔적을 굳이 고집해서 쓰는 이유는 그런 걸 상상하게 만드는 기억 때문이다.

탈탈거리는 소리와 함께 제대로 먼지를 닦지 않아서 조금 더러운 벽 선풍기. 땀이 비치는 얇은 하복. 햇빛에 탄 목덜미. 습하게 땀이 묻어 나오는 축축한 팔. 그 팔꿈치를 붙이고 있을 때마다 입술을 깨물고 작게 웃는 얼굴. 미끌미끌한 교과서 페이지 한쪽에 왜? 라고 연필로 작게 적는 필담. 서툰 관계를 생각하면 떠오르는 장면들에선 그런 냄새가 나야 할 것 같다. 흙먼지가 무럭무럭 피어오르는 것 같은, 그런 어리숙한 냄새. 흑심 냄새는 그런 기억들 속에서는 분명히 존재하는 냄새다.

로이스 로리의 SF 소설 『기억전달자』에서는 감정을 인위적으로 제거당한 조나스가 감정을 배우는 과정이 나온다. 선대 기억전달자는 조나스에게 '사랑'이 뭔지 말한다. 설명할 수 없고, 볼 수도 없지만 거기에 있다는 걸 알 수 있으며, 또 가르침을 통해서가 아니라 직접 느껴야만 알 수 있는 어떤 것. 그는 사랑이라는 개념을 알려줄 순 있지만 그 찬란한 감각이 자신에게 밀고 들어오는 것을 알려줄 수는 없었다. 이 책을 원작으로 한 영화 〈더 기버: 기억전달자〉에서는 조나스가 감정을 하나씩 배울 때마다 처음에는 흑백이었던 화면에 점점 색깔이 덧씌워진다. 사랑과 증오, 애틋함과 상실감이 색깔처럼 번져간다.

인터넷에 떠도는 여러 '세계관' 설정 중에 '컬러 버스color verse' 라는 게 있다. 태어날 때부터 흑백으로만 세상을 보던 사람들이 운명의 상대를 만나면 색을 볼 수 있게 된다는 설정인데, '운명의 상대'라는 지나치게 유성애적인 접근만 제외한다면 사랑의 순간을 가장 극적으로 보여줄 수 있는 세계라고 생각한다. 상상만 해도 현기증이 난다. 흑백의 세계에서 누군가와 눈이 마주쳤을 때, 그 사람의 눈동자 색깔부터 번져서 세계 전체에 색이 물드는 과정.

먼저 오는 색을 보지 않고 함께 오는 색을 보는 일을 나는 사랑이라고 부른다. 나는 타인이 나를 생각하며 써준 글들을 읽을 때마다 그런 생각을 한다. 대부분의 글들은 암호이기보다는 비유이지만 누군가가 나만을 생각하고 쓴 글은 나를 제외한 타인에게는 암호가 된다. 그 글에 적힌 비유들은 나만 오롯하게 이해할 수 있기 때문이다. 이 모든 것들을 어떤 마음으로 썼는지 알 것 같아. 하지만 그럼에도 모두 알지는 못한다. 그래서 비밀들에 사로잡힌다. 그렇게 내밀한 관계가 형성된다.

색도, 향도, 사랑도 성공적으로 이해하거나 설명할

순 없다. 사랑은 언제나 나를 초월하는 일이라고들 하니까, 나를 초월하는 것들을 이해할 수 없는 건 당연하다. 그래서 대체 사랑이 뭔데? 라고 물어보면 정확히 답할 수가 없다. 내가 내린 정의로 사랑이 뭔지 알게 된다면 그게 정말 사랑일 리가 없다.

하지만 내가 사랑을 좋아하는 이유를 설명하는 건 가능하다. 내게 사랑은 인류가 선택한 생존의 방식이다. 생존을 위해 연대와 유대, 그리고 사랑을 그 방식으로 선택한 종족. 나는 그런 특징을 가지고 있는 인간이 좋다. 인간 종족의 한 일원으로서 투쟁의 방법으로 사랑을 확장시키는 것이 나의 의무라고 생각한다. 이것은 내가 나를 견디고, 나와 화해하고, 나와 세상을 만드는 방법이다. 동시에 나를 한순간에 초월해버리는 사랑의 흔적을 고백하기 위해 기록하는 이유이기도 하다. 예를 들면 수많은 '너'들, 내가 사랑하는 사람들로 만들어진 부드러운 기억들.

사막 한가운데에서 먼저 걸어가며 나를 돌아보고 웃던 너, 내 귀에 꽂아놓은 연필을 빼주며 입 맞추던 너, 새벽에 동시에 어렴풋하게 깨서 서로 허겁지겁 잡던 손, 뜨거운 여름 공기에 얼룩진 화장을 하고 첫차를 기다리던 것. 이런 장면들은 엮이고 엮어서 여름 햇빛을 뚫고 한참 달려온 것처럼 내 목덜미를 갈색빛으로 물들인다. 사랑의 색깔이라고 내보일 수 있는 것이다.

사랑처럼 멈추지 않고

무엇을 어디에, 어떻게 비유하는가에 따라 그 시선의 마음과 사랑과 무게를 알 수 있다고 생각한다. A를 B에 비유한다. 그것은 A를 위해 B를 누르고 넓히는 과정이다. '사랑'과 '멈추지 않음'을 어떻게 덧붙이고 설명할 수 있는지를 상상해본다. 영원이 아니라 '멈추지 않음'이라고 말하는 나의 마음을 아는 사람이 많았으면 좋겠다. 이 마음은 내가 함부로 모든 것을 끊거나 자르려고 하지 않는 노력의 태도다.

멈추지 않는 사랑처럼

사랑은 정말 멈추지 않는다. 나는 그렇게 생각한다. 사랑을 연애로만 좁혀 보는 사람들을 나는 종종 안타까워한다. 나는 사랑의 범위를 좁혀 보는 것만큼 서글픈 일이 없다고 생각한다.

사랑처럼 멈추지 않고

멈추지 않는 사랑이 아니라 사랑처럼 멈추지 않는다

는 것은 기묘하게 다르고 미묘하게 같다. 나를 사랑하는 자가 나를 바라보는 눈빛은 사랑처럼 멈추지 않고, 내가 그에게 사랑한다고 말하는 마음은 멈추지 않는 사랑처럼 둥근 것이다. 나는 둥근 이로 입술을 물면서 멈추지 않고 굴러가고 모든 것을 배우는 그런 사람이 되어가고 싶다. 그리고 아마도 되어간다고 추론하고 있다. 그리고 이 과정은 수없이 많은 처음이 쌓여서 만들어졌다.

처음 서울에 왔을 때 가장 먼저 간 곳은 남산과 서울극장이다. 내가 보고 자란 한국 영화에서는 연인들은 모두 그런 곳에 갔다. 남산에서 가위바위보를 하며 계단을 올라갔고 서울극장에서 손을 잡고 첫키스를 했다. 그래서 나도 그곳에 있으면 사랑이 시작될 거라고 믿었다. 이건 서울이 아닌 곳에서 자란 사람들의 특징인데(물론 과장된 일반화의 오류이다), 서울에 올라오면 사랑이 시작될 거라고 쉽사리 믿는다는 거다. 나는 이걸 '학습된 낭만의 장소'라고 부른다.

오래된 장소들을 좋아한다. 그 장소들에 스쳐 지나갔던 사랑들을 생각하면 기분이 좋아진다. 서울에는 오래된 장소들이 많다. 나는 나보다 나이가 훨씬 많은 장소들을 서울에서 찾아내 그들을 사랑하는 방식으로 어른이 되었다. 내가 서울에서 좋아하는 오래된 장소 두 군데가 있다. 공씨책방과 예스터데이다. 이 장소들에는 공통점이 있다. 모두 내가 '처음'을 배운 곳이다.

공씨책방에서는 처음으로 철학책을 사봤다. 이곳에 나를 데려간 사람은 나보다 나이가 한참 많은 선배였는데, 그와 함께 있으면 학교가 원래 어떤 모양이었는지, 운동장이 언제까지 있었는지, 신촌 굴다리 옆에는 어떤 오래된 술집이 있는지 알 수 있었기 때문에 나는 그를 좋아했다. 그는 내가 흉내낼 수 없는 부류의 사람이었다. 얇고 차분한 머리카락을 세련된 보브커트로 잘랐고, 몸에 착 달라붙는 얇은 골지티와 통이 넓은 청바지를 입고, 다리를 두 번 겹쳐서 꼴 줄 아는 그의 모든 면모가 우아해 보였다. 그는 가스 라이터가 아니라 지포 라이터를 들고 다녔고, 가방에는 최승자의 시집이나 에머슨의 저서가 들어 있었다. 나는 그를 양껏 흉내내고 싶었다. 그런 철없는 나를, 그는 귀찮아하지 않고 어디서 이런 책들과, 옷들과, 물건들을 살 수 있는지 오래된 장소들을 데리고 다니면서 알려주었다. 그가 알려준 곳 중 하나가 바로 공씨책방이다. 신촌 대로변에서 보이는 '공씨책방'이라는 초록색 간판이 참으로 솔직하다. 그가 나에게 이곳에서 사준 책은 니체의 『도덕의 계보』였다.

"낡은 책을 고를 땐 뒤에서부터 손가락을 쓸어서 앞을 눌러봐야 해. 그게 너무 물렁물렁하면 제본이 틀어진다."

"그런 걸 어떻게 알아요?"

나는 그가 멋대로 골라준 책이 잔뜩 들어 있는 종이 가방을 들고 물었다. 필름을 감아 책방 앞의 나를 찍어주던 오래된 사람.

"너도 이제 알게 되었으니, 너보다 어린 사람들에게 알려주면 돼. 그렇게 오래된 것들은 자꾸 새로워지고 사랑처럼 멈추지 않게 될 거야."

내 머리를 쓰다듬던 손. 그는 늘 반지나 시계를 끼고 있었기 때문에 그가 머리를 쓰다듬으면 헝클어지기 마련이었다. 그래도 그 손이 그리울 때가 많다.

나는 그 선배처럼 오래된 사람이 잘 되어가고 있는 걸까? 나는 사랑하는 이의 얼굴을 필름 카메라로 찍고 그와 오래된 카페에 같이 가지만, 그에게 어떤 책은 이렇게 하면 제본이 틀어진다고 알려주지는 못한다. 오히려 나는 그가 올바르게 젓가락질을 하거나, 감자칩 봉지를 온전한 모양으로 뜯거나, 신발끈을 풀어지지 않게 묶을 때 나보다 훨씬 오래된 사람 같다고 생각한다. 나에게 '오래된'은 '올바른'과 맞닿아 있기 때문이다.

오래된 카페에 앉아 오래된 카메라로 필름을 감으며 뿌연 렌즈로 올바른 사람을 본다. 웃어보라는 말을 하지 않는 그 자연스러운 순간이 오래될 때를 상상한다. 나를 안아주는 사랑의 품을 텅 빈 공간void으로 만들기 위해 그에게서 모든 신화를 탈각시킨다. 이름 외에 그를 설명하기 위해 다른 어떤 것도 필요하지 않을 미래를 상상한다. 그 순간에 나는 오래된 채로 있다. 나의 반대말들이 무용해지는[4] 바로 그 순간이다.

오래된 장소를 좋아하는 이유는 그 공간에 얽힌 이

4) 김소연, 「만대편」, 『수학자의 아침』, 문학과지성사, 2013.

44

야기들을 좋아해서다. 더 정확히 말하자면 그런 오래된 이야기를 하는 사람들을 좋아하고, 그런 사람들은 오래된 엽서처럼 나에게 오래 있을 것이라고 기대한다. 예스터데이는 내가 대학을 다니면서 가장 친숙하게 여기는 호프집이다. 원래는 경양식집이었으나 언젠가 카페로 바뀌었다고 했다. 그리고 내가 처음 그곳에 갔을 때, 지금처럼 호가든 여섯 병과 나초를 한 세트로 엮어 파는 곳이었다. 안쪽이 깊어 몸을 둥글게 말고 앉아야 하는 커다란 소파 같은 의자, 언제 와도 비슷한 플레이리스트, 베티가 찍혀 있는 냅킨들. 나에게 가장 오래된 예스터데이의 장면들이다.

나는 이곳에서 처음으로 나의 언니들과 선생님을 만났다. 축하할 일이나 함께 만날 일이 있으면, 자연스럽게 이곳에 모였다. 나는 이곳 환풍구 아래에서 담배를 피우며 많은 것들을 싫어하는 법을 배웠다. 병을 빙글빙글 흔들어 적당하게 호가든을 따르는 법을 배웠다. 어떤 혁명은 누군가를 지독하게 죽일 수 있다는 것을 배웠고, 이렇게나 슬프고 험난한 세상에서도 명랑하게 살 수 있다는 가능성을 배웠다.

대학원에서 세미나를 통해 만난 언니들은 다들 내게 무언가를 주었다. 커피를 사주고, 밥을 사주고, 술을 사주고, 책을 사주고, 연필을 깎아줬다. 보답은 공부해서 훌륭한 사람이 되는 것. 물론 나는 가끔 세미나에서 도망쳤고, '훌륭한 사람'이라는 말이 마음 어딘가에 뻑적지근하게 걸려서 불편했던 적도 있었다.

생각해보면 언니들이 나보다 엄청나게 넉넉했을 리도 없는데, 그들은 나를 먹이는 데에 절대로 인색하지 않았다. 내가 논문을 쓸 때 달고 살던 치아시드 음료를 박스로 사주던 언니도 있었고, 커피를 무조건 제일 큰 사이즈로 사오던 언니도 있었고, 밥값이 얼마가 나왔느냐고 절대 묻지 않는 언니도 있었다. 밝고 너른 눈으로 나를 봐주는 언니들의 둥근 눈동자를 생각하면 힘이 난다. 내게 아무것도 포기하지 않으려는 고집과 태도를 만들어준, 성실하고 그래서 생각하면 조금 슬퍼지는 언니들에게 무한한 사랑과 신뢰를 보낸다. 그들이 많이 슬프지 않았으면 좋겠다. 그들을 슬프게 만드는 것이 예스터데이에서 마감 시간에 나오는 비틀스의 '예스터데이' 외에는 없었으면 좋겠다.

장소란 말은 슬프다. 가변적이니까.

버스를 타고 서대문구를 지날 때마다 꼭 예스터데이의 간판을 확인한다. 야자수가 반짝거리는 촌스러운 간판에 불이 들어와 있는 것을 확인해야 마음이 놓인다. 예스터데이가 몇 번 변했다는 사실은 나에게 약간의 불안을 야기한다. 저곳에서 손가락 사이에 담배를 끼우고 "너는 말이다, 좀 우울하지 않느냐. 희망을 가진 존재는 명랑해야 한다. 명랑함에서 희망이 나온다! 혁명이라는 것도, 영원이라는 것도. 생의영원生意永遠이라는 말이 있다. 그 말이 어디서 온 것 같으냐. 명랑한 눈! 명랑한 태도에서 온 것이다." 라고 말했던 선생님의 목소리를 떠올린다. 그리고 선생님의 손에 자꾸 땅콩이며 안주를 쥐어주고 "네가 벌써 스물아홉이야? 나는 아직도 네가 스물다섯 같아." 하고 웃는 언니의 얼굴. 내 손등을 손가락으로 긁으며 고개를 숙이고 몰래 웃던 연인의 얼굴. 내 사랑의 형태들을 모두 이해했던 그들의 얼굴을 떠올리면 내가 기억하는 모습 그대로 예스터데이가 남아 있기를 바라게 된다.

또한 장소란 말은 즐겁다. 가변적이니까.

사랑의 앞에 있을 때 어쩔 줄 모르던 마음을 담아, 나는 예스터데이에서 시를 많이 썼다. 술을 마시면 솔직해진다고들 하지만 나는 오히려 더 거짓말을 하고 싶어진다. 아무렇지 않은 척, 내게 사랑이 별것 아닌 척, 그에게 내가 목매지 않은 척. 다 거짓말이다. 사랑이 별것 아닐 리가 없다. 나는 그런 것들도 누가 가르쳐주었으면 하고 바랐지만 이런 것은 내가 스스로 나아가 맞이해야 할 슬픔이나 두려움이었다.

나에게는 사랑을 시작할 때 일어나는 못된 버릇이 하나 있는데, 자꾸 사랑하는 이와 함께할 영원을 상상한다는 것이다. 오래 참는 사랑이 온유할 거라는 오랜 가르침 때문이다. 하지만 영원을 생각하다 보면 순간을 놓친다. 소홀해진 순간들이 결국 깨지는 것은 나 때문인데 나는 그것을 견디질 못한다. 사랑이 나에게 이와 같은 무서운 얼굴로 다가올 때 나는 시를 썼다. 내게 가장 사랑스러운 공간에서 이토록 나에게 무서운 시를 썼다는 것이 모순적이다.

지금의 나는 언제나 누군가에게서 성실하게 순간을

잡고 사랑하는 법을 배우고 있다. 이 배움의 과정에서는 누구보다 성실하고 탁월한 학생이 되기를 원한다.

내 친구들은 종종, 내 시가 너무 슬픈 시라고 말한다. 그들은 나를 지나치게 아끼기 때문에 내가 내 얘기를 너무 많이 하지 않기를 바란다. 하지만 너무 슬픈 시라는 것은 없다. 영원한 슬픔이라는 것은 존재하지 않듯이. 그렇게 믿고 있다. 어떤 것들은 영원할 거라고 쉽게 믿었다. 믿는다는 건 어떤 태도니까. 그런 태도를 오래 취하고 있으면 그런 행동을 하게 되고, 시간이 오래 지나면 정말로 그런 사람이 된다. 그래서 나는 신실하게 무언가가 영원할 것이라고 믿었다.

믿음이 깨진다는 말은 너무 무책임하다. 믿음은 잠깐 멈출 수 있다. 같은 자세도 오래 취하면 온몸이 저리니까. 하지만 그렇다고 해서 그 모든 것이 산산조각 난다고 하면, 그건 너무 쉽고 게으른 말이다. 조금씩 자세와 태도를 바꾸어가면서 믿음을 지속한다. 아주 오랜 시간이 지나면 처음의 태도와 퍽 달라져 있지만 그것도 믿음이다. 모순적인 것처럼 보이겠지만 사실이다. 믿음은 사실이 되니까.

명랑한 태도.
어떤 것들은 영원할 거라고 믿는 태도로.

어떤 것들은 영원하고

영원하다고 믿는 태도는 신실하다.

나는 너무 염려하지 않는 삶을 믿으며 그 삶을 처음
으로 가르쳐준 자들과, 그들을 처음 만난 예스터데이를
생각한다.

문법적 규칙에 어긋나게
사랑한다고 말하는 방식

　　침대에 누워서 천장을 보면 보이는 딱 그 시야만큼이 내 일인용 세계이다. 아무도 침범할 수 없는. 나중에 죽으면 그 일인용 세계로 들어가게 되겠지. 이 일인용 세계가 좁아지는 것이 너무나 두렵고 비참한 일이라는 생각이 들어서 자꾸 책을 읽는다. 내가 경험하기 힘든 일들을 대신 겪고 있는 주인공들에게 내 세계를 넓힐 책임을 지운다.

　　하지만 요즈음에는 책 속의 인물 말고 다른 존재들에게도 내 세계를 알려주고 있다. 이리 와서 누워. 이게 내 세계야. 멋지지? 내 세계에 사랑이라는 이름으로 누군가 들어온다. 문이 열리며 시끄럽게 돌쩌귀가 돌아가는 소리가 난다. 사랑이란 게 이렇게 매끄럽지 않게, 시끄럽고 형편없는 모양으로 나에게 들어온다는 게 신기하다. 생각보다 훨씬 더 엉망진창이다. 하지만 그래도 되는 것 같다. 어떤 사랑을 확신하는 데는 생각보다 명백한 이유가 필요하지 않다.

　　영화 〈렛미인〉을 보면 뱀파이어는 인간의 집에 꼭 허락을 받아야 들어올 수 있다는 장면이 나온다. 나 들어오라고 말해. 그래야 들어갈 수 있어. 뱀파이어 소녀 엘리가 창백한 얼굴로 그렇게 말하는 장면은 지금 떠올려도 소름이 끼칠 만큼 마음에 든다. 우리는 불멸의 존재가 온전한 존재일 거라고 쉽게 착각한다. 하지만 뱀파이어처럼 늙지도 않고 영원히 열두 살인 채로 산다는 게, 정말 온전한 존재가 되는 일인 걸까? 아마도 내가 뱀파이어였다면 영원히 변하지 않는다는 점 때문에 조만간 나 자신에게 질려버렸을 것 같다.

　　너(인간) 네가 나에게 들어오라고 말해야 되지 않아? 뱀파이어는 내가 허락해야 들어올 수 있잖아.
　　나(뱀파이어) 그렇긴 한데, 좀 귀찮아서⋯⋯. 그냥 여기 문간에 서서 얘기할게.

　　정말 멋없는 뱀파이어다. 뱀파이어인 나를 상상하면 이렇지만, 여러 창작물에서 뱀파이어는 항상 매혹적인 존재로 등장한다. 그들은 영원을 아름답게 살며, 보통은 검은색 가죽 소파에서 권태롭게 늘어져 있다가 곧 부서져버릴 인간을 사랑해서 기꺼이 햇빛 아래로 걸어 들어가곤 한다. 그들이 보여준 멋진 점들 중에서 가장 내 마음에 드는 건, 그들이 절대 문을 부수고 억지로 들어가지 않는다는 것이다.
　　그러므로 나는 내 세계에 누가 들어올 때도 그런 방식으로 들어올 거라고 생각했다. 하지만 보통은 "어이쿠, 어쩌다 보니" 하고 은근슬쩍 들어오는 때가 대부분이다.

내가 "왜 여기까지 들어와 있는 거야?" 하고 따지면, 변명으로 사랑을 말한다. 더 따져 묻고 싶지만 사랑이라는 변명으로 내 세계에 들어온 자들은 묵비권을 행사할 수 있기 때문에 아무래도 나에게 불리한 재판이 되고 만다.

사랑받는다는 것은 너무나도 이상한 일이라고 생각한다. 마치 나만큼이나 이상하다. 나는 어떤 사람을 볼 때 그 사람의 무언가를 빼앗고 싶다는 생각만 한다. 그래서 저 사람을 아예 텅 빈 비닐봉지로 만들어버리고 싶다는 생각까지도 해버리는 것이다. 그러니까 나를 사랑한다는 말은 이상했다. 나는 너의 그것들을 빼앗고만 싶은데 이상하네. 그리고 그것을 빼앗았을 때는 더 이상했다. 너는 뭔데 이상한 나를 이렇게나 사랑해? 그러면 나는 그를 열심히 탐구하고 그를 얽어매고 탈탈 털어서 무엇 때문에 나를 사랑하는지 알고자 했다. 그런데 당연하게도 그런 증거는 정황적인 것이라서, 심증만 가지고 사랑의 존재 유무를 확인하는 건 어려운 일이었다. 그것을 알고 있으면서도 그들을 심술궂게 법정에 세웠다. 사랑의 증거를 제출하라고 등을 떠밀었다. 그런 재판은 견디기 어려웠으므로 그들은 아무거나 내주었고 나는 그것을 빼앗았다. 증거를 손에 쥐고 있으면 그들이 나를 사랑한다는 건 더 이상 이상하지 않았다. 사랑, 그리고 사랑과 맞닿아 있는 미움은 구체적이고 현실적인 일이 되었다.

나는 사랑 이야기가 좋다. 친구들이 말하는 사랑 얘기가 그들이 하는 이야기 중에 제일 좋다. 왜냐하면 친구들의 사랑 얘기는 "우리 행복하자"라는 말로 끝나기 때문이다.

우리 행복하고 건강하고 단단한 사람이 되자. 뚝뚝 끊기는 삶 말고, 오래도록 행복하고 건강한 삶이 궁금하니까. 마흔에도 아무 데나 여행 가서 길 잃어버리고, 친구가 없다고 서럽게 말하자. 찻잔을 사 오고 햇빛 아래서 등을 굽자. 우리 밤마다 잘 자고, 아침마다 행복한 사람 되자.

죽는 다짐을 하는 건 쉽다. 죽고 나서의 문제는 추상적이니까. 하지만 삶의 다짐을 하는 건 어렵다. 구체적인 일들을 많이 계획해야 한다. 하루, 분 단위의 일을 짜 맞추는 건 쉽지 않은 일이다. 그리고 나는 이것들을 사랑할 때 잘한다. 나는 사랑이 세상에서 제일 재밌다. 사랑할 때 제일 성실하다. 너무나도.

나는 자주 사랑에 빠진다. 만나는 세계마다 사랑에 빠진다는 것. 사랑에 하나도 능숙하지 않다는 증거다. 이것은 연습을 통해서도 도달할 수 없는 삶의 본질에 대한 신뢰이다. 이 본질을 직접 깨닫고 행위하기 위해서는 준비 단계가 있어야 한다. 적어도 나에게는 그렇다. 나는 글을 쓰며 이 단계를 거친다.

글쓰기가 무한한 욕망이라는 것은 문학이 만들어지는 과정에 있다. 문학의 언어라는 것은 반짝거리고 빛나고, 이끌리게 하는, 매혹적인 것이지만 저자는 그 문학의 언어를 소유한 적이 없다. 예를 들면, 내가 애인에 관해 아무리 언어를 조합해서 시와 글을 쓰고 읽어도 내 언어 안에 애인은 얽히지 않을 것이다. 만약 내 언어로 충분히 포착되는 사람이라면 내가 사랑했을 리가 없다. 언제나 내 외부, 나를 흔드는 포착과 전유, 그 너머의 이끌림을 사랑한다. 문학과 사랑은 닮아 있어서 그 기호의 대상의 시작은 언제나 사망 선고를 받아야 한다.

가끔은 사랑보다 진실이 나의 도구가 될 때가 있다. 나는 나를 흐트러뜨릴 나와 살고 있다. 나와의 이 관계가 건강하고 반짝거리면 나와 애인의 파레시아[5]에서는 진실을 듣는 사람과 말하는 자 간의 신뢰가 형성된다. 기술 없는 기술이 탄생한다. 이 구체적인 양상을 활자를 손가락으로 짚으며 읽고 말랑말랑한 손금을 매만지며 알아가고 싶다. 나는 기꺼이 사랑의 도구가 되려 하는데 그 내부에서 영원히 나는 태어난다.

세계를 표상하는 언어와 내 존재 사이에서 흔들리는 것을 직시할 수 있어야 한다. 나는 이 직시의 방법이 사랑이라고 믿는다. 그러나 그 언어가 폭력적이지 않으려면 나는 변방의 언어로 말해야 한다. 변방의 언어로 사유하면 변방의 언어로 사랑할 수 있게 될까? 나는 그런 사유 실험을 생에 걸쳐서 지속하고 있다.

5) parresia. 타인과의 관계에서 지켜야 하는 진실되고 윤리적인 태도.

산뜻하게 질투하는 법

질투는 나를 만들고 부수는 유일의 힘이다.

내가 이렇게 말했을 때 어떤 애인은 "난 네가 그걸 사랑이라고 말할 줄 알았어." 하고 말했다. 그 말은 틀리지 않지만 맞지도 않다. '맞거나 틀리다' 라고 말하는 대신 '틀리지 않거나 맞지 않다' 라고 말하는 까닭은 나는 무언가를 결정할 때 대개 소거법을 따르기 때문이다. 그것이 사랑이라고 해도 마찬가지다.

내 사랑은 질투에 기반을 두고 있다. 지금껏 나의 사랑을 돌이켜보면 나는 시선이 나와 다른 사람을, 손가락의 굳은살이 나와 다른 곳에 박혀 있는 사람을 사랑했다. 나와 다른 방식으로 사는 사람들은 꼭 그런 방식을 배우지 않고 타고난 것처럼 보였다.

가령 여름을 떠올리면 언제나 그 풍경에는 피아노를 치던 Q가 있다. 그는 손가락 끝이 단단했고 종종 하얗게 질렸다.

어느 여름날이었다. Q와 나는 연극 영상을 촬영하고 있었다. 영상을 촬영하던 소강당에는 계단처럼 수많은 의자가 있었다. 차가운 마룻바닥 위에서 나는 웅크리고 프롬프터를 작성하고 있었고 Q는 자신이 피아노를 칠 때 극장에 그 소리가 얼마나 크게 울리는지 녹음을 해보고 있었다. Q와 나는 그때 딱 세 번 만난 사이였다. 우리는 학교도, 과도 달랐다. Q는 영상 촬영을 위해 지인에게 소개받은 사람이었는데, 말이 많지 않았고 매일 헐렁한 비니를 푹 눌러쓰고 다녔다. 처음 만났을 때가 팔월이었는데 말이다.

솔직히 말하자면 나는 그의 비이성적인 면모가 좋았다. 연극을 하다 보면 발생하는 특유의 과장된 말투와 몸짓들 사이에서 그는 팔짱을 끼고 아무 말이 없었다. 나는 그에게 말을 걸고 싶었지만 쉽지 않았다. 나와 다른 사람이었으니까.

그래서 그날, 소강당에 그와 나만 남아 있었던 건 상당한 우연이었다. 우리 둘의 공통점이 있다면 조금 게으르다는 것이었고, 그래서 리허설 전 자신이 해야 하는 일을 끝내지 못한 유일한 사람들이었다는 것이다. 한참 바닥에서 프롬프터를 작성하고 있던 내가 먼저 물었다.

"술 마실래?"

어색한 기운을 풀 때는 술을 마시면 편했다. 그건 어른의 특권이었다. 나는 Q의 대답을 기다리지 않고 위스키를 꺼냈다. 종이컵을 겹쳐서 위스키를 홀짝거리면서 이미 다 쓴 프롬프터를 말지 않고 뭔가를 더 해야 하는 것처럼 계속 네임펜을 굴렸다. 조금 취한 Q에게 많이 취한 내가 버릇대로 아무 얘기나 하기 시작했다.

"네가 피아노 치는 거 너무 좋아. 너 왜 그렇게 잘 쳐? 그럼 넌 기분에 따라서 바로바로 피아노 칠 수도 있어? 진짜야?"

Q는 내가 퍼부은 질문들에는 하나도 대답하지 않고 엉뚱한 대답을 했다.

"너 그, 이렇게 말할 때,"

Q는 입술을 다물고 어떤 멜로디를 흥얼거렸다.

"이런 식으로 말해."

그 말이 신기했다. 하지만 Q는 내게, 내가 그런 식으로 말하는 것이 신기하다고 했다. Q의 세계는 청각적이었다. 나는 나도 모르게(사실 모르게는 아니다) 그에게 우리 사귈래? 하고 물었다.

그 여름이 벌써 6년 전이다. Q는 최근에 온라인으로 리사이틀을 했다. 작은 화면 속에서 Q의 단단한 손가락 끝이 영 보이지 않아서 조금 섭섭했다. 나는 Q에게 "연주 잘 들었어." 라고 말을 할 수는 있지만 그의 피아노 옆에 앉을 수는 없다.

이야기가 다른 곳으로 샜다. 원래 하려던 말은 이런 게 아니었는데.

나의 가장 큰 힘은 질투다. 나의 질투는 정말 넓고 깊다. 사랑을 시작하게 하거나, 글을 쓰게 하거나, 혹은 밤을 새게 하는 힘은 모두 질투에서 비롯된다.

신발 끈을 잘 묶는 사람.

옷을 상하게 하지 않고 오랫동안 입는 사람.

멀리 있는 건물을 허수아비처럼 볼 수 있는 사람.

　나는 그들의 타고난 성정과 갈고닦은 모든 것을 질투했다. 이 질투의 기반은 아무도 나를 질투하지 않을 것이란 생각이다. 이것은 질척한 열등감을 말하는 것은 아니다. '아무도 나를 질투하지 않을 것이다' 라고 말하는 것은 '절대 나를 질투하지 마세요' 라고 말하는 것과 같다.

　나는 약간 채워진 물컵 같다. 텅 빈 컵은 채우면 되고 꽉 찬 컵은 따라내거나 넘치게 하면 된다. 나는 영문법 책에 종종 나오는 a little water 정도의 사람이다. 나는 있기도 하고 없기도 하다. 희미하고 뿌연 스푸마토[6] 같은 특성 때문에 아무도 나를 질투하지 않는다. 나는 소실점으로부터 조금 밀려나 있기 때문에 또렷해 보이는 사람들을 질투하고 그들을 함부로 사랑한다. 그들이 보는 세계를 대신 보고 싶고, 그들이 만지는 세계를 대신 만지고 싶다. 그들을 사랑하면 비슷한 경험을 한다. 그들이 보는 세계에 내가 들어가고, 그들이 만지는 세계에 내가 들어간다. 그들의 세계의 일부를 차지하며 나는 질투를 해소한다.

　나의 질투는 건강한가? 나의 질투에는 여러 가지 특성이 있다. 가장 도드라지는 특징은 그들의 것이 '너무' 좋다고 '너무 많이' 말하는 것이다. 말하지 않고 담아둔 질투는 투기가 된다. 나는 그들의 앞에서 무엇이 좋았는지 그래서 그들의 세계가 얼마나 부러운지 말한다. 나는 내 질

6) Sfumato. 안개와 같이 색을 미묘하게 변화시켜 색깔 사이의 윤곽을 명확히 구분지을 수 없도록 자연스럽게 옮아가도록 하는 명암법. 출처: 네이버 미술대사전(용어편)

투를 해결하기 위해서 이런 말을 하는데 그 말을 듣는 그들은 꼭 그 세계가 처음 드러난 것처럼 웃는다.

그간 '너무 좋다'고 생각한 사람들을 만날 기회가 생길 때마다 나는 이 질투를 내 맘껏 해소했다. 어떤 시구, 대사, 전시, 통찰을 모두 주절주절 늘어놓으면서 "어떻게 이런 걸 썼죠? 무슨 생각을 하고 무슨 시각으로 세상을 보면 이렇게 이해를 하고 글을 쓰죠? 완전 질투 나." 하고 결국 어린애처럼 말한다. 그 생각의 규범을 몽땅 훔쳐오고 싶다. 하지만 진짜로 그들이 문을 열어두고 '가져가세요' 하면 가져가지는 않을 것이다. 그것들은 내가 배울 수 없는 것처럼 보일 때 아름다우므로.

조금 더 효율적이고 산뜻하게 질투하는 방법은 뭘까? 질투는 나의 너무 오래된 문법이므로 이 감정을 아예 소거할 수는 없다. 「질투는 나의 힘」이라는, 이제는 너무 흔해진 시를 떠올린다. "그 누구도 나를 두려워하지 않았으니 / 내 희망의 내용은 질투뿐이었구나"[7]

하지만 명심해야 한다. 사랑은 누군가 나를 두려워하기를 바라는 것이 아니다. 산뜻하게 질투하기 위해서는 질투가 신체적으로 발휘되어서는 안 되며, 내가 빈집이라고 생각하지 않아야 한다.

산뜻한 질투와 건강한 사랑을 위해.

7) 기형도, 「질투는 나의 힘」, 『입 속의 검은 잎』, 문학과지성사, 1989.

서울극장[8]

– 쿠키 영상 있습니다

8) 1979년 합동영화사가 종로에 세운 극장.
2021년 8월 31일 문을 닫았다.

함께 무너진 건물 앞에 서 있다
너는 없고 우리는 있는 채로

필름을 거꾸로 감는 남자를 상상해봤어

오직 한 명뿐인 관객을 위한다는 핑계로 얼마나 비참
해질 수 있는 건지 확신이 없다 팸플릿을 얼굴에 덮고 입
을 맞추는 연인들이 숨어든 최후의 안전가옥, 그들이 모
두 여기로 도망쳤다고 말해도 좋을까 타인의 결말을 상상
한다는 건 몹쓸 일이지만

영화 속 너는 도무지 늙는 법을 모르지 않니 나는 조
명을 끄고 나면 극장 밖으로 나가 성실하게 늙는 법을 배
운다 유령처럼 흔들리는 스크린에 입을 맞추고 한편에서
만 자꾸 늙어가는 연인의 모습 그것을 보고 웃는 어린아

이들이 미웠다, 아주 미웠어 나는 그들의 목을 쥐고 호수 아래로 뛰어드는 장면에 오래 골몰했다 목에서 아가미가 생길 때까지……

나와 사는 게 페이크 다큐는 아니잖아, 그렇지?

너를 끊임없이 쫓아다니는 핸드헬드, 아무거나 미장센으로 렌즈 앞에 세우는 손, 눈물을 흘리며 시작한 너의 영화, 그런데 어느새 엔딩 크레디트에는 온통 나의 이름만이

예언 하나 할까
이 영화는 혹평받을 것이다

영화가 끝나고
여전히 팸플릿을 덮고 있는 연인들, 나는 그 사이로 비집고 앉아

"빨리 무너져야지, 어서 사라져야지, 다시는 아무것

도 사랑하지 않아야지."

입장 티켓에 너의 이름을 적으며 기도를 했어
우리는 없고 네가 있게 해달라고

거꾸로 감았던 필름이 풀어지고 있었다

손차양을 만드는 마음

투명하고 무거운

그러면 우리는 도래하자
이해할 수 없는 시제와 선언

"나는 나의 기원" 이런 말들은 자주 소리내어 말할
필요가 있었다 사랑하는 입술을 매만져본다 아직 멸망이
오지 않았다는 증거를 찾아서 멍든 복숭아와 풋내가 나
는 무화과의 껍질을 벗기는 네 손을 본다 춤추는 나무나
빛무리 같아

아무것도 바라지 않아
아무것도 미워하지 않아

네가 만진 나의 부분들은 아주 단단해졌어 나는 이
걸 사랑이라고 자랑하고 다닌단다 이제 네가 만지지 않은
부분은 눈동자뿐 연약하고 언제나 젖어 있는 이 검은 동
그라미

돌아가는 테이프
오토리버스

또 돌아가는 테이프
멈추는 장면마다
어디선가 자라온 사랑으로 불거진 네 손가락 마디

손이 데일 것같이 차갑기도 한
너무 가깝게 있어서 만지기가 어려워

둥근 어깨. 깨무는 둥근 이. 남는 둥근 자국. 모두 만
지며 사랑이 둥글다고 배우는. 둥글고 슬픈 학습

무릎을 꼭 붙이고 함께 앉아 있다
기울어진 모양으로

내기하자. 더 사랑하는 사람이 먼저 일어나기로.

사랑의 모양은 네모

　어렸을 적 가장 좋아하던 영화 세 편을 나열하면 지금의 인생과 취향을 알 수 있다는 말을 들었다. 나는 그 말이 조금 꺼림직하고 소름 끼쳤다. 당연하게도 그 명제의 결과가 마음에 들지 않으니까 그랬다.

　그럼에도 불구하고 어렸을 때부터 내가 좋아하는 영화 세 편을 꼽아보자면 〈8월의 크리스마스〉, 〈클래식〉, 〈해피투게더〉다. 너그럽게 다섯 편까지 허락해준다면 〈퐁네프의 연인들〉과 〈쉬리〉도. 이 영화들로만 보면, 지금의 나는 내가 농담처럼(사실 아니지만) 자주 하는 말인, '헐값에 사랑을 팔아넘기는' 어른처럼 자란 것 같다.

　〈8월의 크리스마스〉에서 가장 좋아하는 장면은 지원이 정원에게 "왜 결혼 안 했어?" 라고 물었을 때, 정원이 웃으면서 "너 기다리느라고." 하고 대답하는 부분이다. 그 말이 사랑 고백은 아니라는 듯 미소 지으며 가볍게 대답하는 정원의 얼굴. 나는 정원의 그 얼굴과 목소리에서 진한 사랑과 그리움을, 그토록 짙고 무거운 마음을 투명하게 말할 수 있는 표정을 보았다. 그때부터 나는 그런 어른이 되고 싶었던 것 같다. 오래도록 투명하고 무거운 사랑의 모양을 가질 수 있는 어른. 하트 모양이 아니라 네모난 모양의 사랑을 가지고 있는 어른.

　나는 나에게 처음으로 사랑의 모양을 알려준 어른과 그가 나를 사랑한 풍경을 떠올린다.

　정성스레 닦고 말린, 오래된 선풍기가 돌아가는 소리. 꼭 숲 한가운데에 서 있는 것 같다. 비가 오고 있다. 축축한 여름. 바람과 나를 찾는 숨이 함께 분다. 손톱을 깎고 버린다. 저것을 주워 먹고 내가 될 다른 존재들에 대해서 아직 걱정하지 않아도 될 만큼 어린 내가 있다. 마루에 볼을 대고 눕는다. 차가운 바람. 햇빛이 따갑지 않아서 눈을 가늘게 뜨면 그 사이로 나뭇잎과 창문 살의 모양으로 빛이 들어온다. 나보다 먼저 태어난 손이 내 눈꺼풀 위로 손차양을 만들어준다.

　내 눈가에 얼룩처럼 남은 기미와 주근깨를 만져본다. 그렇게 그 손이 나를 자주 가려주었는데도 햇빛과 시간의 자국은 생겼다. 내가 아무리 어딘가에 숨는다 하더라도 사랑이 나를 찾아내듯이.

　나는 이렇게 사랑받고 컸다. 이때는 아직 내게 사랑의 모양이 없었다. 그저 빛무리처럼 춤을 추고 있을 뿐이었다.

　어렸을 때 살던 오래된 동네의 낡은 사층 건물이 있었다. 일층에는 유호철물, 이층에는 진실다방과 당구장이 있었고 삼층에는 전당포와 창문에 검은 종이를 바른 알 수 없는 방이 있었다. 그 위로는 철문이 항상 굳게 닫혀 있

어서 올라가보지 못했다. 가끔 그 위로 올라가려고 하면
진실다방 이모가 고개를 내밀고 나를 불렀다.

거기 가면 안 돼.
뭐 있는데?

진실다방 이모는 대답 대신 모나카를 줬다. 어린이에
게 진실을 감추는 대가로 단것을 건네는 어른들처럼. 그래
서인지 나는 거짓말을 할 때마다 진실다방 이모의 멋쩍은
웃음과 그가 주었던 모나카의 단맛이 떠오른다. 진실다방
이모의 기울어진 아몬드 모양의 눈. 움켜쥐면 타원 모양
으로 우그러질 것 같았던 그 모양.
일층 철물점은 주인 아들의 이름이 유호라서 유호철
물이었다. 유호는 나보다 아홉 살이 많았고 차이나 칼라
교복을 입었다. 유호는 종종 나를 자전거 뒷좌석에 태워
줬다. 유호의 자전거는 쌀집 자전거여서 뒷좌석이 판판하
고 바른 모양이었다. 그 뒷좌석에 앉아 유호의 등에 얼굴
을 대면 햇빛 냄새가 났다. 나는 유호가 햇빛으로 만들어
진 사람이라고 생각했다. 유호는 내가 종종 "난 커서 너랑
살 거야." 라고 말하면 곤란한 것처럼 웃었다. 어린애 앞에
서 거짓말은 하기 싫고 솔직해질 필요도 없는 사람들이
보통 유호 같은 표정을 지었다. 내가 〈8월의 크리스마스〉
를 좋아하는 이유는 유호와 정원이 닮아서였는지도 모르
겠다. 둘 다 살구 비누를 쓸 것 같다. 비누로 머리를 감아

뻣뻣해진 머리카락 끝에서 여름 냄새가 날 것만도 같다.

유호의 등에서 나던 햇빛 냄새가 나이가 들면서 이 상할 정도로 점점 뚜렷해졌다. 나는 시력이 나빠져서 안 경을 쓰지 않으면 나뭇잎 사이로 들어오는 햇빛이 둥근 알사탕 모양처럼 보이게 됐다. 그런 모양으로 내가 기억할 수 있는 사랑이 처음 만들어졌다. 확언할 수는 없지만 아 름답고 서글픈 것.

나는 언제나 누군가를 사랑했고 무언가를 사랑했다. 쉽게 사랑하고 자주 사랑했지만 어떤 사랑의 형태에도 능 숙해본 적은 없다. 그래서 내가 받아온 사랑의 연원을 떠 올릴 때마다, 이토록 희고 단단한 사랑을 받아왔는데 왜 지금의 나는 그런 사랑의 모양을 가지지 못했는지 스스 로를 탓하고는 한다. 어린 눈 위로 손차양을 만들어주는, 거짓말 대신 모나카를 주는, 등에서 햇빛 냄새가 나는 그 런 사랑과 내 마음의 모양이 달라서 가끔 놀란다.

아직까지는 둥근 모양이 되는 사랑을 배우고 있다. 학습의 과정은 자주 슬프고 오래 사랑스럽다. 점차 네모나 게 단단해질 것이라고 믿는다. 지금 나의 마음은 뜨거운 태양이 내리쬐는 바닷가에 한참 서 있던 사람의 어깨처럼 껍질이 엉망으로 벗겨진 모양이다. 하지만 이렇게 훼손된 마음도 섬세하게 마련할 수 있다. 나는 이 훼손된 마음을 시라고 부른다.

여기서부터는 나의 껍질
섬세하게 마련한 나의 훼손된 마음

왜 글을 쓰니? 라는 질문에 답하기란 어렵다. 그런 질문에는 세련되고 멋진 대답을 하고 싶은데, 갑자기 그런 질문을 받는다면 어떤 대답을 해도 마음에 들지 않기 마련이다. 무슨 대답을 해도 나중이 되면 구구절절해 보여서 싫증 나고 조금은 겸연쩍다. 그래도 오늘의 대답을 마련해보자면, 거짓말을 하고 싶기 때문이다.

나는 언제나 거짓말이 하고 싶다. 진실을 말하는 일에는 너무 많은 용기와, 너무 차가운 마음과, 너무 보잘것없는 내가 필요하다. 그에 비해 거짓말은 쉽고도 멋진 일이다. 나는 내가 원하는 나를 만들어낼 수 있다. 거짓말 속 나는 어디서도 나를 내버릴 수 있고 또 누군가에게서 사랑받을 수 있기 때문이다. 하지만 매번 거짓말을 하고 살 수는 없다. 거짓말만 하다 보면 내가 사랑하는, 나를 사랑하는 사람들은 슬퍼할 것이다. 그들은 거짓 속에 머무르는 나를 싫어하게 될 것이다. 나는 나를 사랑하는 자들을 위하여 내가 가장 좋아하는 '거짓말하기'를 그만두어야 한다. 그러나 아예 그만둘 수는 없기 때문에 세상에서 가장 오래된, 거짓말을 합법적으로 할 수 있는 방법을, 아무도 슬프게 하지 않고 거짓말하는 방법을 찾아야만 했다. 나는 그래서 글을 쓴다. 매번 거짓말만 할 수는 없기 때문에. 그리고 글 쓰는 것을 멈추면 거짓말이 끝나고, 방 안에서 글 쓰는 나를 허리 숙여 보던 내가 만들어낸 자들이 물러나고, 내 손을 잡으며 "이제 밥 먹자", 하고 말하는 사랑하는 자들이 등장한다. 나에게 사랑은 그렇게 시작되는 것이다.

　내가 대답하기 어려워하는 질문은 또 있다. 사랑은 어디서 시작하나? 라는 질문이다. 사랑이 어디에 연원을 두고 있는지, 사랑이 대체 무엇인지. 나는 이 질문에 한 번도 대답해본 적이 없다. 너무 어려운 질문이다. 이 질문이 그렇게 대답하기 쉬운 것이었다면 세상에 수많은 시와 그림과 노래는 없었을 것이다. 만약 신이 있다면 신은 그 질문에 '나에게서, 그리고 내가 만든 너에게서' 라고 대답할 것 같다. 아닌가. 정말로 그럴까? 나는 신과 사랑은 분리해서 말해야 한다고 생각한다. 신은 사랑보다는 질투와 분노에 어울린다. 그는 언제나 잔뜩 화가 난 장엄한 얼굴로 구름 뒤에 서 있다.

　용서, 희생, 인내, 온유. 성당에서 기도하면서 이런 것들을 배웠다. 모두 내가 할 줄 모르고 하기 싫어하는 것들이다. 용서하렴. 나긋한 사도들의 목소리. 나는 반항한다. 뭐를요? 저를요? 네 안에도 신이 있단다. 말도 안 된다. 내 안에 신이 있다면 겨우 시바 신 정도다. 나는 내 안의 신이 빨리 세 번째 눈을 뜨길 원했다. 그럼 이 세계가 끝날 것이다. 새로운 세계는 내 알 바 아니다.

　나는 나와 사이가 안 좋다. 요즘은 서로 봐준다. 나와 나, 둘 다 조금 무뎌져서 그렇다. 거울 속의 나와 거울 밖의 나는 서로의 거울 귀틀을 잡고 속삭인다. 나, 사실 너 미워하지 않아. 그리고 손을 뗀다. 은칠을 해서 한 면만 보이는 거울에 손바닥이 닿는다. 물론 다 거짓말이야. 다시 손을 댄다. 손자국이 남는다. 분명 나의 손자국인데 뿌옇게 번져서 내 손보다 조금 크거나 작다. 축축한 화장실 거울 옆에 연두색 플라스틱 컵이 있다. 내가 방금 전 떨어뜨린 것이다. 컵을 떨어뜨렸다는 이유로도 울 수 있다.

　나는 어렸을 때부터 컵을 잘 떨어뜨렸고 그래서 물을 자주 엎질렀다. 꼭 컵뿐만은 아니고 휴대폰, 책, 잡은 손, 뭐 이것저것 잡다하게도 잘 떨어뜨렸고 깨뜨리고 잃어버렸다. 손도 작고 뭔가를 단단히 쥘 힘도 없어서 그랬던 것 같다. 최근에는 30년 된 유리컵을 깨뜨렸다. 그걸 팔았던 분은 "이 컵은 구하기 힘든 아이라서요, 관상용으로 좋아요." 라고 말씀하셨다. 나는 그분의 충고를 무시하고 언제나 그 컵에 차가운 두유를 담아 마셨다. 컵을 왜 관상용으로 쓰지? 컵은 쓰려고 만든 거잖아, 하고 우유를 따르면서 생각했다. 그리고 내 곁에 온 지 일 년 만에, 30년을 버텨온 유리로 된 '아이'는 깨졌다. 나의 부주의로 인해서. 나는 조금도 아쉬워하지 않고 깨진 유리 조각을 담아 버렸다. 30년이 흘렀어도 컵은 컵이고, 결국 그것이 깨졌기 때문에 그것은 컵으로서 적절한 운명과 비극을 겪었다고 생각했다. 어떤 마음이라도 그 마지막은 깨지거나 사라지는 것만이 적절한 운명이라고 생각했기 때문에 가능한 사고다.

신문지로 유리 조각을 감싸 버리면서, 그간 내가 떨어뜨린 것들을 집어주는 사람이 내 옆에 있었다는 건 내 자랑거리였음을 떠올렸다. 그러나 동시에, 주워줄 누군가에게 기대는 내가 싫었다. 애초에 떨어뜨리지 않고 단단히 잡을 수는 없는 거야? 그래서 아무것도 쥐지 않는 순간들이 생겼다. 그러나 평생 컵을 쥐지 않고 사는 것은 불가능하므로 또 다른 두 가지 방안을 마련했다. 1) 플라스틱 컵을 쓴다. 2) 근력을 키운다. 이 단순하고 간단한 해결책을 나는 최근에서야 연습하고 있다. 보통 나는 부지런히 길을 돌아가는 편이지만, 길을 돌아가는 건 또한 운동이 되니까 아주 헛짓은 아니다.

무엇이 깊고 무엇이 얕을까. 나는 수영을 잘 못한다. 캐나다에 있을 때 사촌 언니에게 수영을 배웠다. "깊은지 얕은지 생각하지 말고 뛰어내려." 언니의 말에 내가 "어떻게 그래?" 하고 물었던 기억이 난다. 생각하지 말고 행동하는 것은 배운 적이 없는데. 내가 망설였을 때 언니가 뭐라고 대답했는지는 잘 모르겠고 물이 깊어도 잘 뛰어내리는 지금의 내가 남아 있다. 물이 얕은지 깊은지 고민했던 건 가라앉아서 영영 떠오르지 못할까 봐 두려웠기 때문이다. 지금은 오히려 너무 많이 떠오르는 것이 두렵다.

깊은 물속에 잠기고 싶다. 물속에 잠긴 채로 쓰는 시는 어떤 숨을 담고 축축한 모양을 하고 있을지에 대해서 생각한다. 아주 나중에, 지구가 멸망하기 직전에, 버려진 집 중 아무거나 사서 물을 가득 채우고 떠다녀보고 싶다. 물에 떠 있는 소파에 앉고 손가락과 발가락 사이에 물갈 퀴가 있는 척하고 싶다. 돌로 만들어 젖지 않는 종이를 가 지고 깊게 잠수하고 싶다. 이럴 때 내버려두어도 젖지 않 는 사랑을 기대한다.

시의 시작이 어디에나 있듯이, 사랑 또한 어디에나 있 다고 믿는다. 자주 만져서 매끄러워진 검은 머리카락. 굳은 살이 없는 왼손 중지. 가방을 한쪽으로 기울여 메는 습관. 코트의 불룩한 안주머니. 이 모든 증거들은 경험적이다.

물론 어떤 사랑은 죄가 된다. 모든 사람은 살아 있을 때 하나의 죄를 저지르기 때문이다. 나는 죄와 오답을 비 슷하게 생각하고 말한다. 오답이 못된 것이 아닌 것처럼 사랑을 저지른 것은 회개하지 않아도 된다. 그러므로 미 움을 모두 돌려주고 나면 나에게 어떤 마음이 남느냐, 하 고 물으면 이렇게 대답할 수 있다. 수많은 오답으로 만들 어진 내가 있다고.

오답의 나는 사랑을 상상한다. 그리고 내 앞에 있는, 혹은 있을, 믿음, 소망, 사랑으로 이름 붙인 감을 먹는 사 람을 상상한다. 그런 사람은 대부분 곧게 앉아 있고 눈이 새카맣고 성실하다. 나는 성실한 사람을 경외한다.

나는 내가 이 세계를 표상하고 만들어내는 과정에서 저만치 밀려나 있다고 생각한다. 나는 언제나 2인칭 관찰 자 시점쯤 되는 사람이다. 그래서 자신의 세계를 확고하게 가지고 있는 사람을 경외한다는 것이다. 그리고 보통 그런 사람들은 성실하다. 이것은 공공연하지 않은 비밀이다.

나는 이렇게나 급변하는 세상에서, 얼굴이 여러 개 필요한 세상에서 하나의 얼굴, 하나의 희고 둥근 얼굴, 그 얼굴에 떠오른 솔직한 표정만으로 많은, 어쩌면 모든 말을 할 수 있는 사람을 신뢰한다. 그는 무한한 힘과 희망을 가지고 있다.

언제나 신실하게 사랑하는 자가 있다. 자신이 표현하는 것이 세계라고 믿는 사람. 나는 그의 반경을 따라가며 이것이 세계라고 믿는다. 아무것도 확신할 수 없는 세계에서, 비 온 다음 날 길에 난 자전거 바퀴자국처럼 선명한 그의 목소리와 꾸준한 반경을 사랑한다. 그러다 보면 넘어지기도 한다. 앞을 보지 않고 다녔으니 당연한 일이다. 나는 평생 웃음의 동굴에 실수인 척 발을 담그고 넘어지고 구르고 다치면서 이런 것들이 내 사랑의 흔적이라고, 손가락으로 무릎과 발목을 짚으며 살았다. 몇 번 딱지가 내려앉아 허옇게 부풀어 오른 무릎, 왼쪽으로 잘 돌아가지 않는 발목을 차갑고 단단한 손가락으로 짚으면서 말한다. 그래도 괜찮아, 너무 사랑해서. 그리고 그 동굴에서 빠져나오면 다시, 또다시 사랑으로 다치고 흉터를 만든다. 나는 이 반복의 과정을 너무나도 사랑하므로 이것으로 나를 따라오는 고독과 불안을 견딜 수 있었다. 이 반복이 나에게 사랑을 준다고 믿었다.

믿음은 중요하다. 사실과 다르지만 사실과 유사하다.

모종의 대상을 믿는 태도는 성실하고 신실하며, 무엇보다 그런 태도를 가지고 있는 사람은 단단하다. 나는 그런 사람의 삶을 내 무릎의 흉터를 짚듯이 짚는다. 흉터의 모양을 알고 있는 게, 다시는 그 흉터를 가지지 않을 것이란 말과는 다르다.

나는 오늘도 밤새서 사랑할 생각이다. 그리고 내 모든 사랑의 언어를 타인에게 빚지고 고통보다 더한 사랑이 어딘가 있을 것이라 믿을 것이다. 어리석은 일이고, 그게 나에게 가장 쉬운 일이다.

내밀한 사랑의 텍스트

이 편지는 온전히 너를 향한 것, 우리의 대화
를 이어나가는 방법이자 너에게 말을 거는 나
의 방식이니까. 듣지도 답하지도 않을 너에게.[9]

9) 피에르 베르제, 『나의 이브 생 로랑에게』,
프란츠, 2021.

타인의 고백을 듣는다는 건 그를 고집스럽게 이해할
의무를 어느 정도는 짊어진다는 것을 의미한다. 그리고
그런 글은 아이러니하게도, 오로지 한 명만을 위해 헌정
했던 글일 때가 많다. 내밀한 사랑을, 비밀스러운 삶에 대
한 의지를, 자기 자신에 대한 끝없는 혐오와 죄책감을, 고
집스럽게 토해내는 심정으로 쓴 텍스트들. 이 텍스트들은
내가 그 비밀스러운 대화에 '독자'로 참여하면서 더 이상
대면적인 대화가 아니라 '말해진 것'le dit[10]으로 변질된다.
이 텍스트는 부재하는 자들과 대화할 수 있는 도구이자,
그 말해진 내용들을 통해 그를 비춰보고, 동시에 그의 자
기 인식을 통해 나를 다시 비춰볼 수 있는 창이 된다. 죽
어서 부재하게 된 자들, 그래서 자신의 자기 인식에 대하
여 더 이상 변명을 늘어놓을 수 없게 된 작가들은 산 자
인 나에 의해서 끊임없이 포섭되고 재해석되는, 영원한 의
미망 속에서의 삶을 영위할 자격을 얻게 된다.

10) 엠마누엘 레비나스, 『존재와 다르게 본질을 넘어』,
세창출판사, 2018.

타인의 고백, 헌정된 글 중에 가장 내밀한 글은 편지다. 어렸을 때부터 친구들의 싸이월드 방명록에 '비밀글'의 내용이 그렇게 궁금할 수가 없었다. 나를 제외하고 일어나는 타인들의 세계가, 그 세계 속에서 일어나는 긴급한 사랑과 증오가 궁금했다. 그 궁금증에는 약간의 관음증과, 그런 긴급한 사랑이 나의 평온한 생활에서는 일어나지 않았으면 하고 바랐던 비겁한 마음이 섞여 있었다. 그렇다고 다른 사람의 연애편지가 담긴 나무 서랍을 뒤지거나, 싸이월드 방명록을 열어달라고 연락을 할 수는 없으니 공적으로 출간된 비밀들을 읽기로 했다.

나는 그들의 편지를 읽으며 그들의 인생에 수동적으로 참여했다. 서간체 소설은 다른 사람들이 그것을 읽을 것임을 염두에 두고 있음에도 불구하고 편지라는 형식을 가지고 있었기에 한 명의 독자만을 위한 내밀한 이야기를 전할 수 있었다. 그러니까, 적어도 그 글의 형식에서 나는 고려되지 않은 독자이자 등장인물들의 격정적인 사랑과 증오 사이에 눈치 없게 껴 있는 셈이다. 그러나 바로 그 '고려되지 않았다는' 점 때문에 그 글에서 나는 여러 복잡한 감정들을 편안하게 읽어낼 수 있다.

아무리 오랜 세월이 흘러도 연애편지가 가지고 있는 힘은 사라지지 않을 것이다. 오로지 한 명의 독자를 위해 자신의 마음과 시간을 박박 긁어모아 온갖 말들을 한다니. 그 말들은 자주 부끄러운 것이 되지만 노랗게 변색된 종이 가장자리처럼, 그 시간만이 줄 수 있는 것이 있다. 그래서 서간체 소설 중에 연애편지의 형식을 빌린 글이 많은 걸지도 모른다.

> 넌 지금 사막을 걷는 것 같다고 말했지. 난 느껴. 넌 아직 내게 완전히 무감각할 수도, 무감정할 수도, 무정할 수도 없는 거야. … 아직 필요한 것이 남았는지 모르겠어. 사막을 걷는 네가 안타깝다. 네가 밟을 단단하고 작은 땅을, 네가 먼 곳에서나마 바라볼 수 있는 작고 푸른 오아시스를 주고 싶어. 네가 현실에서 다시 떠돌지 않고, 다시 마음 속으로 도망가지 않길 바라. 모두 내 잘못이야! 난 기회를 잃었지. 하지만 가만있자, 만일 이 단어들을 땅의 작은 플롯으로 삼고 내 인생을 주춧돌로 한다면 네게 중심점을 만들어 줄 수 있어. 그래도 될까?[11]

11) 구묘진, 『몽마르트르 유서』, 움직씨, 2021.

가장 촌스럽고, 가장 솔직하고, 가장 거짓말이 많은 글. 구묘진의 『몽마르트르 유서』를 읽을 때마다, 나는 이 황홀한 사랑에 사로잡혔다. 타인을 사랑하기 위해 자신을 헐어 쓰는 마음과, 그를 위해 이 세계를 기꺼이 그만을 위한 플롯으로 만들겠다는 야망 있는 사랑 고백. '너'에게 사막을 걷는 이유가 '모두 내 잘못'이라고 말할 수 있는 자신만만함. 이 세계가 멸망하고 나서도 이 편지들은 모두 남아서 사랑에 대한 교과서로 쓰일지도 모른다는 생각을 했다. 물론 이 글은 소설이지만, 편지의 형식이기 때문에 나는 또, 아무렇게나 이 글의 상대를 상상하는 것이다.

덥고 습한 대만의 한여름 거리, 빳빳한 하얀색 교복 셔츠를 입은 자전거를 탄 소녀들. 그들의 검은 머리카락이 사이좋게 한데 뒤엉키고 사랑하는 마음과 사랑하지 않는 마음이 한없이 늘어나는 장면. 나는 옆으로 누운 채로 그들의 사랑을 관람하고 있다. 여러 사랑의 모양이, 편지를 들고 다투어 내 마음속에 줄을 선다.

'나'는 '영'의 서랍에 편지를 넣는다. 그들이 나이가 들어 교복 셔츠가 아니라 긴 코트를 입는다. 더운 여름이 아니라 건조한 겨울의 한복판에 윤희가 편지를 들고 서 있다.[12] 윤희가 편지를 쥐고 아직도 네 꿈을 꾼다고 속삭인다. 하지만 나는 사실 윤희가, 이런 말을 하고 싶지 않았을까 하고 생각한다.

> 난 잘 있어. 이제는 조금 알 것 같아. 당신이 왜 나한테 편지를 보냈는지. 이젠 누가 대신 보내주고 있다는 것은 중요하지 않아. 언젠가는 끝나게 되겠지만. 나 …… 당신 편지 기다릴게.[13]

사랑의 대상을 세워두지 않고, 그가 언제 읽을지 모르는 편지를 쓰는 마음은 사랑하는 마음과는 또 다르다. 책상에 바르게 앉아 편지지를 펼치고, 깎은 연필을 쥔다. 무슨 말로 편지를 시작해야 좋을지 고민한다. 너에게. 진

12) 임대형 감독, 〈윤희에게〉, 2019.

13) 이정국 감독, 〈편지〉, 1997.

부하다. 사랑하는 너에게. 촌스럽다. 나의 너에게. 음… 누군가에게 '나의'라는 말을 쓰는 건 상대의 동의가 필요한 일이다. 결국 다시 처음으로 돌아간다. 너에게. 이름을 또박또박 적고 천천히 마음을 쓴다. 네가 나를 사랑해서, 혹은 사랑하지 않아서, 내가 매일 아침 너에게 날씨를 알려주고 싶은데 그러지 못해서, 밤마다 인사를 하고 싶어서.

꼭 연애편지만이, 사랑만이 내밀한 글은 아니다. 사실 그것보다 더 위험하고 어려운 마음도 있다. 타인을 진실하게 마주 대하는 글. 인간이 인간을 진실하게 마주 대하기 위한 조건 혹은 방법이라는, 철저히 실존적인 고민이 담긴 글이다.

> 많은 소원을 성취하지 못했어도 완성된 삶이라는 것이 존재하네. 바로 이것이 내가 본래 말하고 싶었던 것이네. 내가 이러한 "숙고들"로 계속해서 자네를 대하는 것을 용서하게나.[14]

어떤 편지들은 자신의 삶을 구성하고 있는 것들을 톺아보며 나아가야 할 방향, 혹은 자신의 과거와의 연관성을 어떻게 단절하고 반성해야 하는지를 말하고자 한다. 본 회퍼는 끊임없이 자신의 '숙고'의 과정에 편지를 받는 친구를 포섭한다. 그는 사형을 앞두고 어떤 삶이 가장 바람직하고 열렬한가에 대해 골몰하고, 또 골몰한 내용과 자신의 불안과 고뇌를 솔직하게 담아 친구에게 편지를 써서 보낸다.

> 난 정말이지 어떠한 고통도 느끼지 않는다고.
> 난 정말이지 우리가 상상할 수 있는, 가장 고통
> 을 모르는 인간이야. 그러니까 나는 소파 위에
> 서 전혀 고통을 느끼지 않았네, 제때 그쳤던 밝
> 음에 대해서 화를 내지도 않았고, 어둠에 대해
> 서도 마찬가지였네. 그러나 친애하는 막스, 믿
> 고 싶지 않더라도 날 믿어야 하네, 이날 오후의
> 모든 것은 꼭 그런 식으로 나열되었기에, 그러
> 니까 내가 만일 나라면, 그 모든 고통들을 꼭
> 그런 순서로 느낄 수밖에 없었노라고. 오늘부
> 터 중단 없이 더 많이 말할걸세. 한 발의 사격
> 이면 최선의 것일 게야. 나는 자신을 내가 있지
> 도 않은 그 자리에서 쏘아 없애고 있네. 좋아,
> 그것은 비겁일 게야, 비겁은 물론 비겁으로 남
> 겠지. 어떤 경우 다만 비겁만이 존재한다 해도
> 말이야.[15]

이런 맥락에서, 카프카의 편지들은 쉽게 읽어버리기
어려울 정도로 껄끄럽고 솔직하다. 타인 앞에서 자신의
비겁함과 삶의 방향성을 말하는 것은 부담감을 떨칠 수
없는, 단순한 '대화'가 아니라 정치적으로 말하는 행위이
기 때문이다. 게다가 내 앞에 있는 타자는, 이해 불가능한

15) 프란츠 카프카, 『행복한 불행한 이에게』, 솔출판사, 2004.

사건이다. 그가 나를 바라볼 때, 그 사건은 나를 볼모로 잡는다.[16] 그 앞에서 나는 제멋대로 말할 힘을 잃는다. 그래서 한 발짝 물러서서 편지를 쓰는 걸지도 모르겠다.

하지만 그럼에도 불구하고 편지가 여전히 매력적인 이유는, 수많은 글들 사이에서 가장 비밀스러운 내용으로 가장 앞서 있기 때문이다. 한 명의 독자를 상정하고 있기 때문에 함부로 내밀해질 수 있는 마음, 그런 마음은 우리 모두가 가지고 있는 것이다. 우리는 타인의 내면을 들여다볼 수 있는 모종의 종교적인, 과장해 말하자면 신성한 능력을 갖추고 있다. 이 능력을 뭐라고 이름 붙여도 나는 반기를 들지 않겠다. 어떤 이름을 붙여도 우리는 우리 내면의 이 능력을 정확히 포착할 수 없을 테니까, 수많은 오답을 제시하는 건 나쁘지 않은 일이다. 언어 바깥으로 끊임없이 밀려나는 그 능력, 그 마음이 타인을 직관한다. 직관한 타인이 나를 다시 들여다본다. 검은 유리 같은 눈에 비친 내가 어떤 모습인지 바라본다. 내 실존의 장벽이 그 시선을 통해 무너진다. 무너진 나는 타인을 위해 열렸다고 말할 수 있다. 내 세계 속에 누군가 발을 들인다. 그에게 나는 한없이 열린 세계가 된다. 나의 열려 있는 세계의 경계에 새로 만들어진 우체통에 편지를 밀어넣는다. 촌스러운 사랑 고백과, 나의 비겁한 마음을 솔직하게 고백한 삶의 성찰 그 가운데를 헤매는 글이다. 그 편지를 읽을 나의 최초의 독자의 얼굴을 떠올린다. 그의 얼굴이 나에게 어떤 요청을 한다. 윤리적이고 존재론적인 요청이며,

16) 임마누엘 레비나스, 『존재와 다르게, 본질을 넘어』, 6쪽, 볼모로 취한 상태, 문경, 세창출판사, 2018.

나는 그 요청에 기꺼이 대답한다. 이 세계에 기꺼이 참여함으로써. 이 세계는 편지를 읽고 쓰는 마음으로 만들어진 최선의 세계다.

　　난 이 편지가 당신을 찾게 되길,
　　그리고 잘 찾게 되길 바라고 있겠어요.[17]

17) 프랭크 다라본트 감독, 〈쇼생크 탈출〉, 1994.

내가 모르는 사랑의 얼굴

　나는 손수건을 가지고 다니는 사람에 대해 막연한 희망과 신뢰를 가지고 있다. 누군가를 처음 만났을 때, 그가 품에서 손수건을 꺼내면 괜히 설렌다. 손수건을 가지고 다니는 사람을 어른스럽다고 생각하기 때문이다. 어른스럽다는 건 아무튼 좋은 뜻에 속하니까, 아직까지는. 그리고 그 손수건을 가지고 다니는 사람이 나를 위해서 손수건을 꺼내는 순간들도 좋아한다. 그의 다정함, 어른스러움, 혹은 그러기 위한 노력을 손수건과 함께 건네받는 것 같다. 그가 착하고 다정해서 좋은 게 아니라, 그런 마음을 기껏 나를 위해서 마련해주는 손이 좋다. 요즘은 손수건을 가지고 다니는 사람이 많지 않다. 그래서 그런가, 누군가 가방에서 손수건을 꺼내면 꼭 그 순간이 영화처럼 마음에 박힌다. 건네준 손수건에 볼을 묻어본다. 그의 손을 잡을 때마다 나는 냄새가 난다.

　내 주변에서 손수건을 가장 성실히 가지고 다니는 사람은 외할머니다. 당신은 세련된 스카프를 두르고 가방에는 약봉지와 함께 전화번호와 이름 들을 적은 수첩과 손수건을 언제나 가지고 다닌다. 중요한 자리에는 연보라색 정장을 자주 입는다. 오랫동안 자신의 얼굴과 모습에 익숙해졌기 때문에 누구보다도 자신에게 어울리는 것들을 알고 있고, 나는 당신의 그 점이 참 멋지다고 생각한다. 자신을 정확히 아는 건 정말로 어려운 일이니까 말이다. 아무튼 당신은 주로 하얀색 가제 손수건을 가지고 다녔는데, 보통은 뭔가를 항상 흘리고 묻히는 어린아이들을 위해 그 손수건을 꺼내는 경우가 대부분이었다. 그리고 그 손수건으로 그들을 단정하게 해줄 때마다, 각자에게 어울리는 이야기가 항상 흘러나오곤 했다.

늙은 사람들은 어린 사람들에게 말하고 싶어 하는 것들이 정해져 있다. 예를 들면 할머니가 나에게 주로 해주시는 이야기는 내가 키가 작은 이유와 뒤통수가 동그란 이유다. 나는 우리 집에 처음 태어난, 까다롭고 유별난 여자아이였다. 나보다 삼 년 먼저 태어난 언니가 유난히도 순했기 때문에 더 까다로워 보였는지도 모른다. 언니는 한 번 재워두면 집에 있는지 없는지도 모를 정도라고 했지만, 나는 정말 쉴 새 없이 칭얼대는 아기였다. 품에서 떨어지면 울었고 밤새 울며 보챈 탓에 할머니나 엄마가 번갈아 밤새 안아주어야 겨우 잤다. 정말 까다로운 아기다.

하도 울어 내려놓지를 않았으니 뒤통수가 동그랄 수밖에 없었고, 매일 밤을 울고 보채느라 잠들질 않았으니 키가 작을 수밖에 없었다. 할머니는 나의 모양 여기저기의 연원을 알고 있는 것에 대해 늘 즐거워했다. 추임새와 농담까지도 비슷한 이야기를 매번 하면서 당신은 한 번도 지겨워하지 않았다. 나 또한 그 이야기를 모두 알고 있으면서도 들을 때마다 즐거워했다.

　비슷한 이유로 나는 내 태몽 이야기를 듣는 걸 좋아한다. 태몽이라는 건 정말 신기하고 멋진 신화인 것 같다. 모두에게 공평하게 신화가 있다는 사실은 얼마나 멋진 일인가! 악몽이 아닌 꿈을 꾸고 태어날 아기를 상상하는 건 부드럽고도 상냥한 생각이다. 내 태몽은 황금빛이 나는 잉어였다. 마당 한복판에 있는 우물에서 잉어가 펄떡대는데, 하도 심하게 펄떡대서 아무도 잡지 못했다고 한다. 그런데 그 잉어가 갑자기 엄마의 식탁 위로 턱 올라왔다고. 나의 두 가지 특성을 유추할 수 있는 태몽이다. 하나는 언제나 까다롭게 펄떡댄다는 거고, 또 다른 하나는 끼니를 잘 챙긴다는 것이겠지.

　어른들은 황금빛 잉어 꿈을 꾸고서 그 꿈을 닮아 태어날 나를 기다렸다. 나보다 먼저 존재한 나의 신화. 내가 태어나서 처음으로 볼 사람들에게, 나를 사랑할 준비를 할 수 있도록 돕는 신화. 그건 어떤 기표와 기의를 가지고 있는지가 전혀 중요하지 않은, 아주 특별한 신화다. 그리고 나는 내 신화를 그대로 읊을 줄 아는 나의 사도와 연원 들에게 사랑받으며, 그들을 사랑하며, 가끔은 미워하며 자랐다.

　나는 내 연원을 아는 당신들을 사랑했고 당신의 연원에 대해서는 그다지 궁금해하지 않았다. 당신은 내 우주와 세계에서 언제나 늙은 얼굴이었다. 주름살이 진 눈가와 회색 머리카락, 반점이 핀 손이 언제나 당신의 모양이었고 그것은 추측하지 않아도 시간이라는 연원에서 비롯된 것임을 알 수 있었다. 당신의 손이나 눈은 언제나 나보다 앞서 있었다. 내 앞에 있는 것들을 미리 치웠고 닦았으며 저 멀리 있는 것도 내 앞으로 끌어다 주었다. 그래서 당신이 나보다 뒤처지게 되었을 때, 당신보다 처음으로 앞서 걸으면서 생각했다.

그러니까 사랑은 내가 모르는 얼굴로, 내 앞으로 다가와서, 내가 알고 있다고 생각한 그 얼굴로 뒤에 서는 것. 그리고 이 과정에 너무 슬퍼하지 않는 법을 배우면서 어른이 되는 셈이다.

사실 사랑의 얼굴을 알 수 없는 건 당연하다. 나를 완전히 발견하는 것이 불가능한 것처럼, 타인을 온전히 발견하고 바라보는 것 또한 불가능하기 때문이다. 순수하게 나만의 의식이란 건, 나만의 영혼이라는 건, 그런 방식으로 고유한 존재라는 것은 없다. 온전히 자신만의 선택으로 삶이 만들어진 사람은 없다. 나의 주변이 나를 만지고 할퀴고 끌어안고 손톱을 부러뜨리며 나를 키우고 또 만들어냈다. 나를 만들어낸 기후. 표정. 목소리. 손가락. 머리카락이 휘날리고 구부러지는 모양. 나에게 없는 나의 부분들을 더듬어 그 형상을 추측하는 방법으로 사랑의 얼굴을 희미하게 알 수 있다.

존재는 반쯤 열린 창문과도 같다. 오래된 나무 격자로 만들어진 창문은 바깥의 계절을 알게 해준다. 넘실거리는 초록색 잎과 여기저기 벗은 나무를 보여주는 창문.

그것을 보는 나는 언제나 안에 있다. 나는 안에서 밖을 본다. 격자의 모양이 바깥의 풍경을 방해하는 것을 알고 있으면서도 바로잡으려 하지 않는다. 그것이 진실된 바깥이 아니라는 걸 알고 있지만 가끔은 진실보다 더 중요한 것이 있다. 언제나 진실을 말하는 것보다 가치를 말하는 게 더 중요하다. 나는 격자 모양대로 가려진 바깥을 바깥이라고 받아들이고 산다. 다들 각자의 격자가 있을 것이다. 새로 만든 플라스틱 격자, 녹슨 구리 격자, 굵고 무거운 쇠창살 같은 격자. 같은 풍경을 바라봐도 어느 부분이 격자에 가려져 있는지, 마음에 남은 바깥의 풍경은 어떤 모양을 하고 있는지 알게 되는 건 멋진 일인 것 같다.

물론 어떨 땐 이 세상이 보잘것없는 것처럼 보인다. 지겹고 슬프고 괴로운 일들만 가득한 것만 같다. 그게 진실일 수도 있다. 격자에 가려진 부분 때문에 폭력과 혐오가 정당화될 때가 있다. 그럴 때면 창문을 죄다 열라고 하고 싶다. 똑똑히 봐, 창문 너머의 세상이 어떻게 생겼는지. 하지만 이건 베르사유 궁전만큼 오래된 호텔의 창문 같아서 삐걱대기만 하고 잘 열리지 않는다. 그러니까 어떤 사람들은 그 좁은 틈으로 몸을 비집고 빠져나오려고 하는 걸지도 모르지. 애석하게도 난 그럴 정도의 용기와 유연성은 없다. 창문 밖으로 빠져나왔을 때 온전한 세상이 가능할 거라는 보장도 없다. 오랫동안 죽지 않고 살기 위해서는 행복한 것보다 재밌는 것이 많아야 할지도 모른다. 나는 이 창문과 격자 들을 비교하는 게 재밌다. 바깥에서, 혹은 건너편에서 내 창문과 격자의 모양을 본 사람이 문을 열고 그쪽의 창문이 참 멋지네요, 하고 말을 거는 순간이 재밌으니까, 팔짱을 끼고 창문 너머에서 뭔가를 보고 있다. 희미하게 빛이 번진다. 그 빛의 너머에 사랑의 얼굴이 있다. 그가 짓는 표정은 언제나 진실된 것은 아니지만 늘 하고 싶은 이야기를 하고 있다. 그것이 내 신화를 이어가는 데 있어서 가장 중요한 증거가 된다.

크리올되기

　　내 이름은 유일하지도 특이하지도 않지만, 나는 내 이름과 같은 사람을 만나본 적이 없다. 도플갱어를 마주치면 죽는다는데, 혹시 나와 이름이 같은 사람은 내 도플갱어여서 얌전히 나를 피해 다니고 있는 걸지도 모른다. 성까지 똑같은 이름을 만나본 적은 없지만, 나와 비슷한 이름은 많았고 대충 발음하면 누군지 정확하게 모를 이름들이 많았다. 그리고 내 이름은 중성적이라서, 내 이름을 빠르게 우물거리면 내 이름과 하나도 비슷하지 않은 이름을 가진 여자애들과 남자애들이 동시에 나와 함께 고개를 돌렸다. 나는 그 순간들이 싫었다.

　　다들 학교를 어떻게 생각하는진 모르겠지만, 나는 학교가 싫었다. 수많은 이유들이 있다. 교단에 올라가 나를 훑어보던 교사의 눈빛, 바르게 앉거나 코다리강정을 남기지 말아야 한다는 등의 의미를 잘 모르겠는 규칙들, 수학여행이나 소풍 때 혼자 앉지 않기 위해서 먼저 짝꿍에게 "나랑 같이 앉을래?" 하고 물어봐야 했던 일들, 일렬로 서서 앉은키와 몸무게 등을 검사받아야 했던 날들, 그런 것들은 모두 나를 나답지 않게 만드는 순간들이었다. 그중에 내가 가장 싫었던 건 발표였다. 나는 남의 앞에서 말하는 걸 좋아하지 않는다. 내가 좋아하는 건 내가 신뢰하거나 좋아하는 사람들 앞에서 울거나 웃고 그들의 이야기를 듣는 것이었지, 남의 앞에서 큰 소리로 자신 있게 말하는 게 아니었다.

초등학교 5학년 때 속했던 반에는 규칙이 있었다. 국어 수업 때마다 선생님께서 누군가를 지목하면 그 학생은 일어나 소리 내어 소설을 읽어야 했다. 다음 타자가 정해지는 건 그가 발음을 틀릴 때였다. 그러면 아무나 일어나서 그의 목소리를 가로채고 이어서 소설을 읽을 수가 있었다. 이유는 모르겠지만 소리 내어 소설을 읽는 걸 좋아하는 친구들이 많았다. 나는 그 시간이 싫었다. 선생님이 혹여나 나를 지목할까 봐 나는 고개를 푹 숙이고 일부러 딴청을 부렸다. 그리고 선생님이 시키지 않아도, 소리내어 읽는 친구를 뚫어져라 쳐다보면서 그가 언제 발음을 틀릴지 기다리는 반 친구들도 싫었다. 누군가 발음을 틀렸을 때 바로 그의 순서를 가로채는 게, 발음을 틀린 그가 멋쩍은 얼굴로 머리를 긁적거리면서 머뭇머뭇 자리에 앉는 게 너무 잔인하다고 생각했다. 나는 한 학기 내내 한 번도 스스로 남의 낭독을 가로채고 읽은 적이 없었다.

그러다 결국, 선생님은 내가 한 번도 읽은 적 없다는 걸 지적하면서 내게 소설 읽기를 시켰다. 아직 한 번도 틀리지 않고 매끄럽게 거의 두 페이지를 읽던 친구를 멈추게 하고서. 그 친구는 나를 원망하는 눈으로 쳐다봤다. 내가 읽고 싶다고 말한 게 아니잖아! 나는 억울했지만 그렇게 말할 순 없었다. 국어 시간에 누릴 수 있는 최고의 영광, 그들의 정말로 중요한 가치를 내가 '난 이딴 건 관심도 없다고.'라며 무시할 수는 없었다.

　나는 머뭇거리며 일어났다. 반 페이지를 읽는 동안 다섯 번이나 발음이 틀렸는데도 선생님은 나를 다시 앉히지 않았다. 내가 처음으로 발음을 틀렸을 때 벌떡 자리에서 일어난 친구를 다시 앉히기까지 했다. 그때만 생각하면 아직도 얼굴이 벌겋게 달아오르고 심장이 터질 것 같다. 그건 그해 내가 겪었던 일 중 가장 잔인한 일이었다. 아직도 난 악몽을 꾸면 종종 그 꿈을 꾼다. 읽는 책이 초등학교 국어 교과서가 아니라 석사 졸업 논문일 때가 많긴 하지만……. 나는 꿈에서도 그만 읽고 싶어서 일부러 틀리거나 우는데, 얼굴이 흐릿한 선생님은 내가 계속해서 읽도록 시킨다. 내가 틀릴 때마다 입고 있던 옷이 한 겹씩 벗겨지기도 한다. 꿈속의 나는 여전히 어린아이다. 정말 싫다. 나는 자랐는데 내 안에 아직도 어린아이가 있다는 게. 그만 내 안에서 나가라고 하고 싶지만 평소엔 나오지 않다가 겨우 꿈에서나 기어 나오는 아이에게 썩 꺼지라고 말하는 거, 그것도 좀 잔인한 일이다. 그 꿈에서 깨어나면 다시 나를 일으켜 세워서 억지로 소설을 소리내어 읽으라고 명령할 선생이 없다는 걸 나에게 납득시키기 위해 일부러 묵독으로 내 일기를 읽기도 한다.

　돌아가고 싶은 순간을 물어보면, 많은 사람들은 유치원생이나 초등학교 때 이야기를 한다. 나는 아니다. 급식에서 양파를 골라낼 수도 없고, 누군가 일으켜 세우면 글을 읽어야 하고, 수학여행에서 버스 가장 뒷좌석에 무리 지어 앉는 친구들을 부러워하고, 수학여행을 억지로 따라가서 사람들 사이에서 섞여 자는 날로 돌아가야 한다는 게 끔찍하게도 싫다. 그중에 가장 싫은 건 이런 것들을 아무렇지 않은 척할 수 없는 나였다. 잘 웃고 떠들 수 있는 친구들은 내가 어색해하는 것들을 능숙하게 할 수 있었다. 나는 그들처럼 되고 싶어 했지만 절대 그럴 수 없었다. 나는 나를 가장 싫어하는 상태로 그들의 주변에서 서성거리며 학교를 다녔다. 나는 그런 때의 나를 '크리올 상태'라고 부른다.

크리올은 원래 식민지 지역에서 태어난 유럽인의 자손들을 부르는 호칭이었다. 지금이야 유럽인과 현지인의 혼혈을 부르는 말로 쓰이지만. 그들은 어디에도 고향이 없는 존재들이다. 하지만 그들은 대부분의 식민지 국가에서 현지인들을 착취하며 그들을 원하지 않는 그들의 고향으로 돌아가려고 했던 자들이므로, 실제로 역사 속에 존재하는 그들을 내가 동정하는 것은 아니다. 그러나 그들이 가지고 있던 중간자적인 특성만 뽑아내서, 나는 이렇게 어떤 곳에도 속하지 않은 상태를 '크리올 상태'라고 말하곤 한다. 중간자, 혹은 주변자로서 크리올이라는 언어를 가져다가 나를 설명하면 내가 적응하지 못했던 수많은 장소들을 설명하기 편해지기 때문이다. 그건 모두 나의 외부였다고 말하면 그만이니까. 편리한 변명이니까, 다들 써보기를 권한다.

　나는 아주 멀리 가고 싶다. 식민지로 떠난다는 말은 제국주의적이고 근대적 오류를 범하고 있으므로 지양하고 싶은 말이다. 내가 모르는 나라로 가고 싶다. 나를 규정하는 데에 모든 수단이 실패하는 곳으로 가고 싶다는 뜻이다. 그런 먼 곳에서 내가 천천히 나를 규정하고 싶다. 그리고 결론은 '나'였으면 좋겠다. 그런 아주 오랜 이후를 기다린다. 그런 이후의 삶이 나를 기다리고 있다고 기대하고 또 가정한다. 그 가정을 위해 내일 오전에 먹을 바질 페스토와 두부면을 해동해둔다. 고통스럽게 이어지는 매일의 일상이 어느 순간 파도가 되기를 바란다. 어떤 기도문처럼 이제와 영원히 함께.

여우골의 피구 법칙

맞으면 죽는 거야. 죽는 척하는 거야? 죽는 거라니까.

죽음이라는 단어가 하나도 무섭지 않던 때가 있긴 했었다 가슴 언저리에 공을 세게 맞고 그 움푹 파인 것 같은 살들을 부여잡고 딱딱한 모랫바닥에 눕는 것이 우리들의 법칙이었다 햇빛이 이마를 뚫을 것처럼 쏟아졌다 그 것을 가리기에 눈꺼풀은 너무나도 얇아서 이를 악물어야 했는데 그러면 죽어야 한다는 법칙이 깨졌다 나는 살아 있는 걸 잘하지 못해서 자주 죽었는데 옆에는 항상 은정이가 먼저 죽어 있었다

"저기 봐, 구름이 동그래."
"우린 죽었으니까 눈 뜨면 안 돼."
"눈 떠서 보이는 게 아냐."

눈을 감고 숨을 느리게 쉬어보라고, 은정이는 좀 어려운 말을 했다 우리는 죽었으니까 숨을 쉬면 안 되는데, 나는 죽지 않았다는 것을 들키지 않으려고 이를 깍 깨물고 있었는데 은정이는 턱에 힘을 풀고 천천히 숨을 쉬라

고 했다 공에 찌그러졌던 흙골을 천천히 부풀어 올리고 다시 원래대로 되돌려놓는 것처럼

　　오래 누워 있으면 손끝이 저렸다 등에는 모래 모양 무늬가 새겨졌다 은정이는 보지 않아도 볼 수 있는 구름들을 이야기했다 네가 가지고 싶은 모양들을 모두 그려도 돼, 어차피 가질 수 없으니까. 종이컵은 깨질 수 없다는 말처럼 태평한 그 말들 위로 피구공이 거세게 날아갔다 어떤 아이들은 피구공에 힘을 실어 던질 수 있었다 나는 뭔가를 꼭 던져야 한다면 공이 아니라 종이학이나 휴지로 접은 장미꽃을 던지고 싶었다 그것들이 어디에 부딪혀도 움푹 파이지 않도록, 그런데 그 일들은 너무 어려웠다 피구 시합이 끝나면 애써 그려놓았던 하얀 선들은 모두 엉키고 헝클어질 것이 분명하기 때문에 그때는 그 선이 흐트러지면 그 사이가 바다로 변할지도 모른다고 생각했으니까

　　"나중에 지옥 간다."

　　피구공에 맞아 죽은 뱀이나 사마귀 따위를 보면서 은정이는 그랬다 공을 던지고 싶지 않아서, 어떤 것이라도 움푹 파이게 하고 싶지 않아서 은정이는 공을 던지지 않았다 나는 깨어날 줄 모르는 낮잠을 자고 싶었다 은정이와 제일 먼저 공을 맞고 선 밖에 이 피구 시합 때문에

죽을 작은 것들을 미리 추모하고 그 대신 죽어 있는 연습을 하는 것처럼

시끄럽게 사이렌 소리가 울려도 일어나지 않을 테고, 비가 쏟아져서 구름이 보이지 않게 되더라도 눈을 뜨지 않고, 죽은 친구의 복수를 하러 온 다른 뱀이 내 배를 타 넘더라도 소리치지 않고, 죽어 있는 연습을 하고 싶었다 자주 죽어 있는 연습을 하면 정말로 죽을 때 두렵지 않을 테니까

맞으면 죽는 척하는 거야. 죽는 거야? 죽는 척하는 거라니까.

여름성경캠프

어느 날 해가 거꾸로 솟았다 어젯밤 우리 중 누군가 소원을 빌었기 때문에

깍지를 끼고 마주 잡은 손 위로
불투명한 천을 덮었다

천이 무거워지고 있었다
어둠을 먹고

소원의 주동자를 색출할 때
한 명이 나서는 대신 모두가 뒤로 물러서는 것처럼

사람이 사람을 용서한다는 일의 기괴함
사이좋게 멸망하길 바라는 마음이 왜 상냥하다고 할 수는 없는 걸까

거짓말을 한 죄로 성역에서 분리된 우리는 서양호랑 가시나무를 주워다 오두막을 짓고 분필로 동그라미를 그리며

"이곳으로 추방당해 오는 자 모두 구원받으리"

쉽게 모든 것을 용서할 수 있게 되는 방법
이런 편리한 구원을 일찍 알았으면 좋았을 텐데

죄를 용서하는 신은 없어도 좋았겠다고 속삭였다

어둠을 잘라 만든 미사보
그 아래에 무릎을 대고 앉은 나와 너

고해하는 목소리 고백하는 얼굴
지옥을 가르치는 말투 사랑을 배우는 표정

유난히 날카롭게 발음되는 보호와 구원이라는 단어

너는 일어선다
그리고 난파된 유람선을 보듯 나의 무릎을 보고

『돌아가자』

너는 왜 그런 말을 선언처럼 하는지
너와 나를 우리라고 말하는 걸 왜 그렇게 괴로워하
는지

『도망가자』

너를 흉내 내 고백하는 나
나는 너를 보지 않고 신발끈을 묶는다

우리의 캠프는 익사하기 좋은 숲에서 끝난다

캠프가 매해 여름마다 열리는 건, 우리가 만든 성역
의 오두막은 오트밀을 먹으러 오라는 종소리와 함께 무너
지기 때문이지

네 귓바퀴 모양을 닮은 조개를 줍고
살갗 같은 자작나무 껍질을 벗겨다 아마포처럼 두

르고

　오두막 바깥으로 너의 녹색 트렁크가 멀어져가는 걸
본다

　영원한 아침이 오고
　천이 점점 투명해지고 있었다

이교도처럼 말하기

나는 조악한 상상력이 풍부하다. 아무렇게나 말하고 아무렇게나 생각하고 그것에 오랫동안 천착한다. 그것이 나의 유일한 특기다.

초등학교 저학년 때 처음이자 마지막으로 고층 아파트에 살았다. 십구층까지 엘리베이터를 타고 가는 건, 꽤 오래 걸렸다. 해봤자 삼 분도 안 되는 시간이었을 텐데 나는 겁이 많아서 그 시간을 참기 힘들었다. 엘리베이터에 거울이 많았다. 엘리베이터가 올라가는 시간에 지루해하지 말라고 달아뒀을 것이다. 하지만 나는 엘리베이터에서 내릴 문을 똑바로 보고 꼿꼿하게 서 있었다. 거울을 보기 싫었으니까.

당시에 유행하던 도시괴담이 있었다. 엘리베이터에 달린 거울 중 어딘가에 너를 죽이려는 영혼이 있다고. 그래서 눈이 마주치면 안 된다고.

그래서 엘리베이터를 타게 되면 고개를 푹 숙이고 있었다. 때가 탄 아이보리색 컨버스를 노려보면서 주기도문을 외웠다. 하늘에 계신 우리 아버지…… 그리고 어린아이가 외우기 힘든 이름들이 나오면 실눈을 뜨고 엘리베이터 전광판을 올려다보며 내가 기도문을 잊어버린 것이 아니라 느리게 말하는 것뿐이라고 변명을 하곤 했다. 그 변명의 대상이 신이었는지 악마였는지는 아직도 잘 모르겠다.

그즈음이었는지는 확실치 않지만, 난 견진성사를 받느라고 매번 수녀님 앞에서 기도문을 외워야 했다. 내가 좋아하는 기도문은 '삼종기도'였다. ○ 이에 말씀이 사람이 되시어 ● 저희 가운데 계시나이다 나는 "계시나이다" 하고 입술을 오므려서 뇌까리는 순간을 좋아했다. 정말로 우리 가운데 무언가가 있을 것 같았다. 물론 그것을 꼭 기독교적 유일신으로 상상했다는 뜻은 아니다. 아슬란, 스란두일, 시바, 후라칸…… 여러 신들이 얼굴을 바꾸어 나에게 다가왔다. 나는 수녀님 앞에서 눈을 감은 채로 그 이교도의 신들을 모두 받아들였다. 다들 사이좋게 저를 창조하세요. 순서는 꼭 지키시고요. 나는 신들에게 나를 맡길 때가 많았다.

그 신들은 특별했다. 나는 그중에서도 인간의 멸망을 막기 위해 독을 삼키느라 목이 파랗게 변한 시바를 가장 좋아했다. 창조주인 브라흐마보다, 현세를 다스리는 비슈누와 멸망의 문을 여는 시바를 좋아한다는 힌두교인들의 마음가짐이 아주 마음에 들었다. 시바의 앞에 선 나를 상상했다.

"그간 많은 것들을 멸망시켰느냐?"

나는 힘차게 고개를 끄덕인다.

"그럼요, 제가 얼마나 제 인생을 사랑으로 멸망시켰는데요."

나는 이런 불경한 대화를 생각하며 오른손 엄지손가락을 위로 올려 기도손을 포갰다. 인자한 마리아상을 올려다본다. 웃고 있다. 나는 저 웃는 미소를 사랑해서 어디로 이사를 가도 마리아상을 사서 창가에 둔다. 그에게 성모송 한 번 바친 적 없지만 웃는 미소를, 그 얼굴을 보며 참 예쁘고 마음이 편해진다고 생각한다. 마리아와 대화를 나누는 걸 상상해본다. 잘 안 된다. 나보다 훨씬 착하고 다정한 여자와 이야기하는 상상이…… 난 잘 안 된다. 마리아상은 여전히 웃고 있다. 내 앞에서 힘들이지 않고 웃던, 나보다 나이가 많은 여자들을, 그러니까 언니들을 떠올린다. 그 언니들은 꼭 귀신처럼 목에 점이 하나도 없었다.

다른 일들도 있었다. 내 사촌 언니는 일본 괴담이라며 흥미진진한 이야기를 들려주었다. 차를 타고 터널을 지나갈 때 숨을 쉬면 터널에서 죽은 여자들이 차 뒤로 쫓아온다는 이야기였다. (그런데, 대체 왜 쫓아오는 귀신들은 다 여자들일까? 여자들은 왜 다 억울하게 죽는 걸까? 물론 내가 지금 죽어도 억울한 귀신이 되겠지만…… 그래서 내가 지금 죽어 원혼이 된다면 여자애들이나 개들은 절대 죽이지 않을 것 같은데.) 그래서 나는 숨을 꼭 참았다. 사촌 언니가 한국에 오면 충청도 쪽의 별장으로 자주 놀러 갔는데, 가는 길에 터널이 유독 많았다. 그중에는 기나긴 터널이 있었다. 나는 혼자 숨을 몇 번 나눠 쉬면서 고개를 푹 숙이고 있었다. 내가 숨을 참지 않아서 귀신이 차로 쫓아오고 그래서 사고가 나게 되면 다 내 탓이니까.

　나는 여러 도시 괴담을 믿으며 자랐다. 초등학생 때
는 전국적으로 빨간 마스크가 유행했다. 나는 손바닥에
개 견犬을 써놓고 다녔고 '포마드'를 5초 안에 세 번 말하
는 걸 연습했다. 이런 괴담들이 무서운 이유는, 그 괴담 속
에서 인간다운 일들이 지나치게 많이 일어나기 때문이다.
스페인 카탈루냐 광장에는 사람 머리쯤 되는 부분에 주
먹보다 조금 작은 크기의 구멍이 뚫려 있다. 여기서 성당
의 미사를 훔쳐봤을 거라고 낭만적인 생각을 했는데, 사
실 그 구멍들은 스페인 내전 때 사람들을 묶어놓고 총으
로 쏴 죽인 흔적들이었다. 전쟁은 꼭 괴담 같다. 그 흔적을
마주할 때마다 누군가 내 목을 조르고 나도 죽어보라고
소리를 지르며 내 가슴팍 위를 뛰어다니는 것 같다.

　전쟁을 겪지 않은 전쟁 직후의 세대는 자신의 부모
세대, 그러니까 전쟁을 직접적으로 겪은 세대들에게 일종
의 부채 의식과 죄책감을 가지고 있다는 말을 들었다. 아
우슈비츠에서 살아남은 부모와 사는 유대인들이 그들 대
신 가스실에 끌려가는 악몽을 꾼다는 상담 내용 같은 말
들. 나는 사실 전쟁과 너무 먼 사람인데도 이상하게 종종,
그런 죄책감을 느낀다.

　전쟁은 인간다운 일이다. 인간과 다르게 짐승은 그들
의 존재를 포기하지 않는다. 그들은 살아가며 그들다운
행위를 외부적으로 규정하지 않는다. 외부의 형상이 삶을
유지하는 데 필요하지 않기 때문이다. 그들은 생을 형상

화하고 규정하는 것이 아니라 감각한다. 그러나 인간은 생을 감각하지 않는다. 인식과 도덕은 이런 맥락에서 필요한 걸지도 모르겠다. 인간은 생을 생각하고 인식한다. 그 말은 인간은 인간다움을 쉬이 포기할 수 있다는 뜻이다.

이데올로기. 체제와 이데올로기는 사람을 지독하게 만든다. 인간은 체제와 이데올로기에 자신의 의지와 영혼, 그리고 자의식을 내건다. 그들에게 남은 것은 없다. 그들 스스로는 자신을 가지고 있기를 원하지 않는다. 보통 그런 것들은 지나치게 무겁기 때문이다. 그들은 그것을 짊어지고 사는 대신 기꺼이 자의식을 벗겨 그 살가죽을 체제에 씌워주고 그 체제가 어디까지 밀고 나갈 수 있는지, 밀고 나가기 위해서 얼마나 폭력적이고 억압적으로 타인을 억누르고 그의 목표를 달성하는지 지켜본다. 그런 사람들은 아무것도 없는 자, 아무것도 아니게 된 자들이다. 그들은 폭력 외에는 할 수 있는 것이 없다.

스베틀라나 알렉시예비치의 『전쟁은 여자의 얼굴을 하지 않았다』를 보면, 극단적인 폭력 상황이 여성에게 어떻게 더 극단적으로 다가오는지를 알 수 있다. 폭력은 압도적으로 사람을 짓누르면서도, 이상하게도 유독 어떤 사람들에게 훨씬 더 모질다. 전쟁은 추하고 전혹한 얼굴을 하고 있다. 그리고 그 차가운 그림자 사이에서 여성의 얼굴은 없다. 그들의 슬픔을 모두 엮어서 전쟁의 이야기로 하기에 지금껏 역사는 그들을 너무나도 부지런하게 착취해왔으므로, 차마 그것을 인정하고 싶어 하지 않는다. 전쟁터에서 총을 쏘는 여성은 분명 있었지만, 전쟁이 끝나고 남은 여자들은 시체를 만졌던 손으로 주먹밥을 먹는 여성들이었다.

　지독하고 처절한 여자의 이야기는 아무도 해주지 않는다. 광목을 끊다가 죽은 사람들을 싸는데, 모두 썩어서 팔다리가 모두 떨어지는 바람에 그냥 합동으로 묻고 태워야 했다는 것, 그럼에도 그 썩은 살들을 수습해서 닦고 그 위에 동전을 올리는 건 어린 여자들이었다는 것. 그런 사실들은 이제 이 슬프고 늙은 얼굴에 신화처럼 남아 있다. 이 끔찍한 신화의 신은 누구라고 해야 하는지, 나는 이런 전쟁의 얼굴을 보면 신을 자꾸 부정하고 싶어진다.

　에밀 아자르는 "한 사람이 다른 한 사람에게 해줄 수 있는 게 아무것도 없다는 것은 괴로운 일[18]"이라고 말했다. 그가 무엇을 해줄 수 없어서 그렇게 괴로워했는지 잘 짐작이 되지 않는다. 실존적인 삶을 위해 '자신'을 타인에게 확장한다는 것이 그토록 필요한 일일까? 한 사람이 다른 한 사람에게 해줄 수 있는 일은 폭력뿐이다. 다정한 언어와 논리적인 이론들로 포장된 것도 결국은 폭력에 지나지 않는다. 모든 전쟁과 참사에는 영웅이 없다. 개인적인 삶은 국가의 것이 되어 전시된다. 그리고 그 틈바구니에서 모두가 지워버린 여성들은 눈을 뜨고 산 채로 흙에 묻힌다. 그렇게 죽은 모든 미친 여자들을 되살리고 싶다. 그들을 되살리기 위해 그들의 삶을 인식하고 이해하지 않고 감각할 수 있어야 한다. 그들을 불러낼 수 있는 위자보드

18) 에밀 아자르, 『자기 앞의 생』, 문학동네, 2003.

를 내 글로 만들 수 있다면 기꺼이 그렇게 하고 싶다고, 정말로 이교도처럼 생각한다.

전쟁에서 부르는 노래 속에서 모든 죽음은 동일하지 않고 나는 가엾은 자들을 생각할 것을 배운다. 폭격으로 무너진 건물 앞에 서서 편지를 쓰는 나를 상상한다면, 이런 편지를 마지막으로 책상에 두고 나올 수 있다.

그때 그 넥타이는 집과 함께 재가 되었습니다. 이것은 그 대신입니다. 선생님은 역시 검정 넥타이를 매셔야 격에 어울립니다. 안녕히.[19]

나는 아무렇게나 목숨을 내던지고 다녔다. 억울하게 죽은 미친 여자들 사이에 앉아 있다. 그 사이에서 진실로 태어난 사람이 되고 싶다.

19) 안수길, 「제 3인간형」, 『안수길 단편집』, 지식을만드는지식, 2012.

보물찾기의 법칙

변화를 설명하는 데에는 많은 방법이 있을 테지만, 가장 보편적이고 쉬운 방법은 그 변화의 과정에 참여하고 있는 대상들 간의 등가성을 상정하는 것이다. 손을 놓으면 떨어진다. 눈을 감으면 검게 변한다. 원인이 있으면 결과가 있고, 원인의 결과의 무게는 비슷하다. 우리는 그런 것들을 쉽게 가정할 수 있다. 과학적인 물리 법칙을 사람들 간의 관계에, 나와 나 사이의 관계에 그대로 대입하는 것이다.

그러나 이런 대응은 위험하다. 생각보다 원인과 결과는 비등하지 않다. 결과에 하나의 원인만 영향을 끼치는 경우도 없다. 끊임없는 원인은 있을 수 있지만 지속적인 결과라는 건 없을 수도 있다. 어딘가 블랙박스가 있는 걸지도 모른다. 원인들을 잡아먹는 블랙박스. 그 블랙박스의 존재를 명확하게 알지 못하기 때문에 원인과 똑같은 무게의 결과가 나오지 않으면 서운하다. 하지만 애석하게도 등가 교환의 법칙은 제대로 지켜지지 않을 때가 더 많다.

삶은 랜덤박스 같은 것이다. 내가 어떻게 변화할지는 아무도 모른다. 나는 수많은 원인들을 꾸역꾸역 집어넣으며 어떤 결과가 도출될지를 상상한다. 그 결과를 기다리며 원인들을 긁어모으는 동안 내가 제일 많이 한 말은…… 그다지 희망적이진 않은데, '그만두고 싶다', 라는 말이다. 나는 대학원에 다닌다. 연구실의 흔한 풍경은 다들 논문 관련 웹사이트를 띄워두고 텅 빈 화면을 바라본 채로 아, 자퇴하고 싶다, 인생 재미없다, 하고 죽상을 하고 있는 것이다. 물론 이 말이 정말로, 당장 자퇴하고 인생을 때려치우고 싶다는 말은 아니다. 이런 말들에도 일종의 블랙박스가 있다. 설명하지 않은 수많은 괄호들이 있다는 뜻이다.

사람들은 보통 내 신분을 밝히면 "참 어려운 공부 하시네요.", 라는 말을 하거나, "나중에 교수 하실 거예요?" 하고 물어보고들 한다. 이상한 일이다. 회사에 취업한 사람에게는 "나중에 사장 하실 거예요?" 하고 물어보지는 않으면서. 그러나 나를 설명할 수 있는 방법에 이런 한탄 말고 다른 것이 있어야 한다.

"간단한 자기소개를 기입 바랍니다." SNS 가입부터 자기소개서까지, 이 짧은 문장은 내가 아무리 피하려고 해도 여기저기서 툭툭 튀어나온다. 자기 PR의 시대니 그 질문들이 이상할 건 없다. 다만 내가 거부감을 느낄 뿐이다.

20대, 생물학적 여성, 서울에 거주함, 프리랜서, 최근에 금연을 시도함, 그리고 어제 실패함. 나를 설명할 수 있는 것들을 생각해본다. 이 모든 말들은 나에 대한 형상이다. 이 짧은 말들로 사람들은 각기 나의 얼굴을 상상해볼 수 있다. 저 말들만으로 내 얼굴을 그려보라고 하는 것도 가능하다. 몽타주라는 건 그런 거니까.

　하지만 그렇다고 해서 이것이 나에 대한 효과적인 설명이냐고 한다면, 꼭 그렇다고 볼 수는 없다. 애석하게도, 로지 브라이도티가 지적했듯이 형상화를 거친 대부분의 사람들은 죽어버리기 때문이다.[20] 사실만을 기술한다고 대상을 전부 구현할 수 있는 것은 아니다. 진정한 현실화에는 모종의 은유 단계가 필요하다. 나를 재현할 수 있는 중층적인 표현들을 제시해야 한다는 것이다.

　은유는 나와 나를 둘러싼 세계를 함부로 상상할 수 있게 만드는 매력적인 기술이다. 『빨간 머리 앤』에서 만약 앤이 다이애나의 머리카락에 대해서 말할 때 갈까마귀의 깃털이라는 표현을 쓰지 않고 검은색이라고만 말했다면 나는 다이애나를 에이번리의 백설공주라고 상상하지 않았을 것이다. 나는 종종 이 은유를 강요한다. 내가 은유를 착취하는 대상은 대부분 연인들이다. "눈이 참 예뻐." 라는 말을 들으면 나는 "어떻게 예쁜지 말해줘." 하고 대꾸한다. 보통 이런 말을 들으면 그들은 당황한다. "어떻게 예쁘냐니? 그냥 예쁜 거지." 라는 대답이 대부분이다. 그런 대답을 나는 기꺼워하지 않는다. '그냥' 예쁘다는 것은 미적 기준에 대한 즉각적인 감상일 뿐, 그가 나를 어떻게 바라보고 있는지 상상할 수 있는 여지를 남기지 않는다. 즉 그의 말은 형상의 지적일 뿐 은유가 아니라는 뜻이다. 애인들이 나를 상상하지 않고 기술한다는 것은 모욕이다. 연

20) 로지 브라이도티, 『변신』, 김은주 역, 꿈꾼문고, 2020.

인의 특권은 서로를 멋대로 상상하며 오해하는 것이라고 나는 오랫동안 생각해왔다.

요즘은 은유가 쉽지 않은 시대다. 은유는 형상과 쉽게 혼용되고 잘 구분되지 않는다. '20대, 생물학적 여성, 서울에 거주함, 프리랜서, 최근에 금연을 시도함, 그리고 어제 실패함'과 같은 밋밋한, 형상만으로 가득한 자기소개서를 은유라고 상상하는 것이다. 특히 20대나 여성과 같은 취약한 항목은 함부로 '잘못' 상상되기 쉽다. 어떤 사람들은 내가 북유럽풍의 오피스텔에서 새틴 재질의 홈웨어를 입고 있을 것이라 상상한다. 그들이 나를 그렇게 상상하는 것은 위의 형상에 관해 복잡하고 다층적인 은유가 아닌 성적으로 획일화된 이미지를 가지고 있기 때문이다. 내가 "사실은 저는 이런데요." 하고 은유로 만들어진 나를 보여주면 그들은 깜짝 놀란다. "어떻게 그럴 수가 있니? 배신이다. 충격적이야." 조금 더 고상한 척하는 어른이라면 '발칙하다'라고 평가하기도 한다. 은유를 통하려 노력하지 않고 형상만으로 나를 상상한 그들이야말로 게으르고 발칙한데 말이다.

그러므로 나는 요즘 처음 보는 사람을 만날 때 나를 형상으로 설명하지 않으려 애쓰고 나 또한 그를 형상으로 이해하지 않으려고 노력한다. 그를 고정된 명사가 아니라 유연한 동사로 파악하려고 애쓴다. 예를 들면 좋아하는 색깔과 그 이유를 묻는다. 그런 것은 첫 만남에서 묻기에는 지나치게 내밀한 것이지만 "생물학적 성별과 직업, 그리고 그에 따른 소득은 어떻게 되나요?" 라고 묻는 것보다는 훨씬 더 인간적이다. 형상으로 파악하는 시대의 습관 때문에 우리는 자주 인간임을 잃는다.

인간으로서 얼굴을 잃은 자들끼리 모여 둘러앉는다. 그리고 이런, 무용한 대화들을 나눌 수 있다. 아침과 저녁의 햇빛 중 어떤 것을 좋아하나요? 후추를 뿌린 소금빵을 드셔보신 적 있나요? 세상에서 가장 이상한 발음을 가진 새의 이름을 대는 놀이를 해볼까요? 이런 질문들은 그의 형상에 대한 어떤 폭력적 정의나 규정이 필요하지 않다. 어떤 사람들은 이런 대화를 통해서 도대체 그 사람에 대한 어떤 것을 알게 되었느냐고 물을 수도 있다. 그럼 이렇게 대답할 수 있다. 그는 여전히 본령을 잃지 않은, 형상 사이에서 은유로 존재할 수 있는 확신이 있는 존재라고.

공적 일기

로마의 트레비 분수, 파리의 퐁데자르 다리, 오타루의 후나미자카. 그런 장소들에서는 어떤 연인들은 헤어지고 있으며 또 어떤 연인들은 사랑하고 있다. 세상에 변하지 않는 법칙이 있다면 바로 그런 모습일 것이다.

나에게는 각 나라마다 비극적 연인들의 모습을 상상하면 떠오르는 색이 있다. 로마는 노랗고, 파리는 붉고, 오타루는 하얗다. 한국의 연인들은 푸르스름한 색깔이다. 〈쉬리〉에서 수조를 사이에 두고 입을 맞추는 장면이나, 〈클래식〉에서 우산을 받쳐든 젊은 연인들의 눈동자에 비치는 색깔이다.

나는 어렸을 때부터 낭만적인 연인들을 좋아했다. 그런 연인들의 끝은 언제나 인천공항이었다. 눈동자가 투명하게 눈물로 젖고, 뒤돌아선 주인공의 어깨는 가냘프게 떨렸다. 잔잔하고도 슬픈 음악이 깔렸다. 그러나 내가 그 이별의 과정을 좋아했던 가장 큰 이유는 그 슬픔에 구체성이 없었기 때문이었다.

나에게도 이별의 순간이 있었다. 물론 누구도 나의 연애에 훼방을 놓지 않았으며 내 연인의 부모님이 나에게 찾아와서 '내 자식에게서 떨어지라'며 돈 봉투를 건네지도 않았다. 나의 연인은 자신의 꿈을 위해 유학을 선택했다. 나는 어른스러운 척 보내주어야 했다. 그가 나에게 유학을 갈 거라고 말했을 때, 난 그게 잠재적이고 점잖은, 그러나 꼭 그만큼 비겁한 이별 통보라는 걸 눈치챘다. 그래서 너는 어떻게 하고 싶은데? 유학을 간다는 통보를 하고 입술을 꾹 다문 그에게 나는 물었다. 좀 아깝지 않아, 이 사랑이라고 생각했던 것들? 남겨지는 사람은 편하다. 나는 상대에게 그 책임을 전가할 수 있었다.

어떻게 하고 싶다는 게 아니라……. 그는 어리숙하게 대꾸했다. 그래, 그럼 됐네. 나와 그는 장거리 연애를 이어가기로 선택했다. 하지만 우리 둘 다 알고 있었다. 그때 바로 헤어지지 않은 이유는 그저 나와 상대방 모두 이별을 고하기에는 모질지 못했기 때문이라는 것을. 우리는 그의 유학까지 남은 두 달을 데면데면하게 보냈다. 나는 그와 의무적으로 시간을 보내며 생각했다. 이런 지겹고 늘어지는 과정이 정말 이별이 맞는 걸까? 보통 이별은 더 극적이고 슬퍼야 하지 않나? 내가 게을러서 그렇게 된 마당에 나는 이별의 모양새를 탓했다.

그날은 8월 9일이었다. 우리는 공항까지 함께 갔다. 짐을 부치고 애매하게 남은 시간 동안 인천공항 일층의 버거킹에서 햄버거를 먹었다. 우리는 한 번도 햄버거를 함께 먹은 적이 없었다. 하지만 인천공항에서 우리가 선택할 수 있는 메뉴는 그다지 많지 않았다. 우리 같이 햄버거 처음 먹어. 나는 그 사실을 깨달았다는 걸 그에게 말하려다가 그만뒀다. 그런 사실을 발견했다는 게 지금에 와서 무슨 의미가 있단 말인가. 나는 진동벨과 점원의 목소리가 시끄럽게 들리는 곳에서 다리를 꼰 채 눅눅해진 감자튀김을 먹었다. 서로 고하지 않은 이별을 기다리는 연인의 마지막 순간은 건조했고 지루했다. 나는 영화 〈젊은 남자〉의 마지막 장면처럼, 나에게 이별을 고한 그가 창백한 얼굴로 창구에서 티켓을 사고 황급히 떠나버릴 줄 알았다. 하지만 지리한 시간이 느리게 흘렀을 뿐이었다.

"사진 찍어도 돼?"

그의 전공은 사진이었다. 짐으로 부치지 않은 커다란 카메라를 들고 그는 어색하게 웃었다. 나는 '이제 다시 안 볼 거면서 뭐하러?' 하고 생각했지만 고개를 끄덕였다. 그는 곧장 뷰파인더에 눈을 가져다 댔다. 나와 시선을 마주치고 이야기를 하기에는 지루했고 뷰파인더로 나를 보는 것은 훨씬 더 쉬웠을 것이다. 아마 그도 기록의 목적보다는 지루한 이별의 시간을 단축시키기 위해 그랬던 것 같다. 그는 뷰파인더로 나와 눈을 마주치며 "좀 웃어봐." 하고 여러 번 말했다. 나는 그와 퍽 오래 만났지만 여전히 작동법을 제대로 알지 못하는 그의 카메라를 넘겨받고 뷰파인더로 그를 보면서 "너도." 하고 대답했다. 우리는 그날 아무도 웃지 않았다. 그는 미국에 도착하고 나서 약 두 달 후 나와 연락을 끊었다. "연락할게." 그가 마지막으로 한 말이 좀 우습다. 보통 사랑한다는 말을 해야 하지 않나. 나는 그날 찍힌 내 얼굴의 표정을 알지 못한다. 그때 내가 정말로 웃지 않고 있었는지, 나는 그것이 여전히 궁금하다.

나는 먹먹한 얼굴로 몸을 돌려 집으로 갔다. 느리고 슬픈 음악이 흘러나오지도 않았고, 눈을 감았다 떠도 내가 미국에 도착해서 그와 우연히 워싱턴스퀘어에서 재회하는 일은 일어나지 않았다. 내 눈에 비치는 건 공항철도 풍경뿐이었다. 지루했던 이별의 순간이 끝나자마자 나는 픽 슬펐다. 비극적인 연인이라고 하기에 지나치게 침착했지만, 이런 연인들도 공항에서 헤어지곤 한다는 것이 우스웠다.

그날의 공항을 생각하면 푸르스름하고 이질적인 분위기가 떠오른다. 공항에서는 다들 어디론가 바쁘게 가고 있다. 다들 목적지가 있다. 그날 나는 공항에 혼자 남겨져 있었다. 딱히 다른 약속이 없었기 때문에 한 시간 십오 분 동안 공항철도를 타고, 2호선으로 갈아타고, 다시 4호선으로 갈아타서 집으로 온 다음 평소와 같이 저녁을 먹고 잤다. 모두 목적이 있는 사람들 사이에서 부유하는 존재가 되는 기분은 유쾌하지 않았다.

하지만 언제나 그렇듯이 비극은 오랫동안 지속되지 않았다. 나도 몇 해가 흐르고 다른 연인을 만났다. 그와 처음 맞은 여름에 태국으로 여행을 갔다. 그날도 8월 9일 즈음이었다. 쉴 새 없이 장난을 치고 서로 머리카락을 만지거나 손깍지를 끼고서 짐을 부쳤다. 면세점을 구경하면서 담배와 향수를 샀다. 그러고도 시간이 남아서 탈 비행기를 기다리며 쿠션감이 좋지 않은 소파에 앉아서 그가 챙겨온 체리를 먹고 커피를 마셨다. 몇 년 전에는 지루한 얼굴로 눅눅한 감자튀김을 먹었던 것 같은데, 여기서는 누구보다 설레는 얼굴로 체리를 먹고 있다는 사실이 웃겼다. 만약 영화였다면 이 소파 건너편에서 옛 연인과 눈이 마주쳤을 테지만, 그런 건 아무래도 구질구질하다. 어떤 장면은 현실일 때 더 아름다운 편이다. 구체적일수록 아름다워지는 그런 장면이 있다. 장면 속에 사랑이 있었다. 장면이 이어지는 그 짧은 찰나마다 그 사랑을 위한 꾸준한 인내와 그다지 멋지지 않은 슬픈 순간들도 있었다. 나는 그 장면이 서로 이어지며 나는 소리가 좋아서 그 소리를 듣고 일기로 쓰고 편지를 쓰고, 또 시를 쓴다. 나의 사랑을 세계로 그려준 자에게 나는 내 원칙을 어기고 사적인 일기를 공적으로 발표한다.

사진의 서

    사진의 재현성은 신을 모독하고, 그것은 작고 어그러진 역사이다. 「사진의 작은 역사」에서 벤야민은 이처럼 말했다. 꼭 벤야민을 인용하지 않더라도 할 수 있는 말은, 근대적인 이분법을 제외하더라도 사진은 현재를 나에게서 앗아갈 수 있다는 것이다. 그런 이유 때문에 나는 찍고 찍히는 것 모두를 그리 달가워하지 않았다. 아름다운 것을 볼 때 카메라부터 꺼내는 버릇이 일종의 폭력처럼 느껴졌다. 나에게 사진은 기록 그 이상도 이하도 아니었다. 그런데 요즘은 착실히 사진을 찍는다. 찍은 사진을 다시 보지도 않으면서 열심히 찍는다. 이것은 사랑에 대한 아주 먼 이야기이다.

    나는 지금 평소 내가 있던 곳에서 멀리 떨어진 어느 포구에 있다. 근처 펜션에 작은 방을 잡고, 바깥에서 나무 냄새를 한껏 맡고 돌아와서 시가레츠 애프터 섹스Cigarettes After Sex를 듣고 있다. 일기를 다 쓰고 나면 치누아 아체베의 『무너져 내린다』를 읽거나, 〈파리는 우리의 것〉을 볼 것이다. 둘을 함께 할 수도 있다. 물론 둘 다 하지 않을 수도 있다. 고립을 빌미로 휴가를 떠나온 자만의 특권이다.

    갑자기 어디론가 가고 싶었다. 혼자 고립되어 있고 싶

었다. 그냥 그러고 싶을 때가 다들 있을 것이다. 그래서 부안까지 가서 조그마한 펜션에 틀어박히기로 결심했다. 그 펜션을 고른 이유는 그 펜션에 '시인의 방'이라고 이름 붙인 방이 있다는 정보를 들었기 때문이다. 시인의 방에 묵을 생각을 하는 시인이라니, 나도 참 자의식이 어지간히 충만하다.

그 펜션으로 가려면 부안 터미널에서 내려, 다시 배차 시간도 정확히 알 수 없는 버스를 타고 한 시간 가량을 더 들어간 다음, 비탈진 길을 걸어 한참 내려가야 했다. 최악의 접근성을 가지고 있는 곳이었지만 다르게 말하면 고립되기에는 최적의 곳이었다. 게다가 도착한 시인의 방은 다른 방들이 있는 건물과는 떨어진, 바다와 가까운 별채였던 탓에 정말로 혼자 있을 수 있었다. 가로등이나 간판이 없는 시골이다 보니 겨우 아홉시인데도 끔찍할 정도로 어두웠다. 그래서 처음 도착한 날 밤은, 외떨어진 펜션에서 주인공들이 차례차례 제물로 희생당하는 〈캐빈 인 더 우즈〉를 보고 잤다.

여기로 오는 동안 3시간 반가량 버스를 탔다. 난 멀미가 심해 버스를 타면서 책을 읽거나 글을 쓰지 못한다. 덕분에 버스에 있는 내내 눈을 감고 생각을 했다. 생각, 생각. 내가 어떤 식으로 사라져야 좋을지 시간을 촘촘히 나누는 이상한 생각. 튀르키예에 갔던 생각. 도시 간 버스로 이동하면서 일곱 시간이나 버스를 탔었다. 버스 안에서는 튀르키예 특유의 콤콤한 냄새가 났다. 사람들은 나에게 낯선 억양으로, 하지만 그들에게는 언제나 모국어였을 언어로 버스 안에서 쉴 새 없이 이야기했다. 나는 그들의 말을 알아듣고 싶었지만 아는 단어가 없어서 그들의 대화를 상상했다. 아주 일상적인 이야기도 그 의미를 모르면 신화처럼 들린다. 한국의 버스는 잘 멈추지 않지만 튀르키예의 버스는 자주 멈췄다. 비탈길을 한참 달리다가, 휴게소에서 30분이고 1시간이고 멈췄다. 나중에 알게 된 사실인데, 그 시간 동안 운전사들은 물담배를 피운다고 한다. 나는 물담배를 피우면 어지럽고, 아무 데나 침을 뱉고 싶고, 술을 많이 마시고 싶은데 튀르키예의 운전사들은 물담배를 피우고 멀리멀리 운전을 했다. 신기하다. 아무튼 그들이 얼마나 멈춰 있을 건지도 얘기해주지 않았기 때문에, 나는 혹여 화장실을 갔다가 버스를 놓칠까 봐 눈을 꼭 감고 버스 안에서 누워 있었다. 그때 난 겁이 많았다. 지금도 다르지 않다.

튀르키예 여행을 생생하게 회상하기 위해 구글 드라이브에서 지난 사진들을 본다. 아까 찍은 사진을 다시 보지 않는다고 했던 말, 철회해야겠다. 튀르키예 여행 때 찍은 사진을 아주 많이 본다. 내가 잘 모르는 얼굴로 웃고 있는 내가 있다. 어색해 보인다. 찍히는 걸 좋아하지 않는다고 생각했는데 어떤 사진들은 그것이 찍힌 경위도 정확하게 기억한다. 나 저기서 찍어줘, 하고 동행에게 몇 번 카메라를 건넨 적도 있다.

사진뿐만 아니라 튀르키예에서 가져온 여러 자질구

레한 물건들도 그대로 가지고 있다. 차나칼레에서 쓴 엽서들을 아직도 가지고 있다. 여행지에서 엽서를 보내는 일은 낭만적이라고 생각해서 꼭 해보고 싶던 일이었다. 하지도 못하는 터키어를 몇 개 배워가지고 우체국에 가서 엽서와 우표를 사서 항구 한편에 앉아 열심히 쓴 게 무색하게도, 물론 보내지 못했다. 그중 누군가에게 쓴 편지에는 "가을에는 네가 나를 만나주었으면 좋겠다." 라고 솔직하게 쓴 편지가 있다. 수신자도 정확하지 않다. 아마 누구에게 썼는지도 기억나지 않는 걸 봐선 그리 대단한 마음은 아니었던 것 같다. 그때는 보고 싶다는 말을 너무 솔직하게 했다. 그렇게까지 솔직하지 않아도 괜찮았을 텐데. 그 솔직했던 편지들은 여전히 내 서랍 속 편지들을 모아둔 박스에 담겨 있다. 그 박스를 타고 멀리까지 가고 싶다. 그 박스는 무거우니까 힘껏 밀면 그 반동으로 마음이나 언어의 바깥까지 갈 수 있을지도 모른다.

어제는 새벽 내내 본 회퍼의 『옥중서신-저항과 복종』을 다시 읽었다.

"자네가 알게 되는 그 세계는 내가 너무나도 사랑했던 세계라네."

나는 이 구절을 참 사랑한다. 자신의 세계와 타인의 세계에 공통점이 있을 거라고, 왜냐하면 우리는 비슷한 영혼을 가지고 있으니까, 하는 확신이 있기에 할 수 있는 말이라고 생각한다. 바깥은 전쟁, 내부는 감옥, 말하는 도구는 오로지 편지, 나는 그런 세계에서도 저런 말을 써서 보내는 사람이고 싶다.

생각해보니 그런 때가 있었다. 내가 다니던 고등학교의 기숙사에서는 휴대폰도 컴퓨터도 허용되지 않았기 때문에 친구들과 편지를 자주 주고받곤 했다. 엄마와도, 할머니와도 그랬다. 그때 나는 편지에 주로 "크리스피 크림 도넛이 먹고 싶다", 라는 말을 자주 썼다. 혹시라도 내가 아주 유명한 사람이 되어서 훗날 서간집이 발간된다면 이런 술게임도 가능할 것이다. 그 서간집에서 "크리스피 크림 도넛이 먹고 싶다", 라는 말이 나올 때마다 술 한 잔씩 마시기. 모두 취한 채로 집에 돌아갈 수 있다. 생각해보니 꽤 멋진 일 같다. 앞으로 위대한 사람이 되어서 서간집이 나올 수 있도록 노력하는 것도 괜찮은 삶의 목표 같다.

파도 소리가 크다. 눈 내리는 소리와 빛이 없는 소리가 이런 것일 수도 있겠다. 소리와 빛 중에 뭐가 더 빠를까? 과학적인 설명은 나도 안다. 과학적인 설명 말고 다른 설명이 필요하다. 사랑한다는 말소리와 사랑한다는 눈빛이 마음에 닿는 속도는 모두 다르다.

자주 울고 많이 사랑하기

바캉스

맑은 라벤더 빛
그런 바다가 흐르는 세계도 존재했다 실질적이고 구
체적으로

이 방에선 바다가 보이지
커틀이 없는 창문에 몸을 기대면

우는 얼굴을 본 날에는 해변이 성큼성큼 걸어오는 것
도 보이고 내가 징그럽게 굴면 지구가 네모난 것처럼 물러
서는 모습도 보여

그래서 우리는 이 방에서 오래도록 살았어

이건 해적이 마시는 술 너는 홍차에 위스키를 타면서
노래를 불렀잖아
나는 과일 상자를 뒤집어쓰고 영영 돌아오지 않을
것처럼 춤을 추었고

그럴 때가 행복했지

성실하지 않아도 좋았어 아침에 조깅 같은 건 아무
도 하지 않는 나라 우리는 괴로운 사실들을 볼링핀처럼
늘어놓고 무화과를 굴려 그것을 넘어뜨리고 아무것도 넘
어지지 않았고 스트라이크! 하고 소리를 지르고

웃고 토하기 직전까지 또 웃고

체크아웃 해야지, 늦지 않게

이런 말을 하는 건 언제나 내 몫이지 너는 잔인한 말
을 피하는 능력을 타고났기 때문에
내가 상자를 벗고 땀에 얼룩진 얼굴을 손등으로 씻으
면서 말했을 때

"너 때문이야, 이 모든 꿈이 끝나는 건."

체크아웃 대신, 나를 미워하는……

너를 이해하려고 애썼다 너를 사랑하고 견디는 내 오
래된 방식대로

화가 난 너를 두고 가방을 싸고 찻잔들을 정리하고
마지막으로 귀틀이 없는 창문을 걸어 잠그고

나는 슬퍼지고
잠근 창문 바깥으로 바다는 흐릿한 먹색이 되고

분명 춤을 출 때는 발목에 넘실거리던 바다가 저만
치 도망가는 것을 보고

악의 없는 증오와
미움 없는 사랑 중에서 고르자면

지난여름 속초에 갔다. 그때 하필 영동 지역 전체에 호우주의보가 내렸던지라 기껏 바닷가 앞에 잡은 유리창이 커다란 숙소에 콕 쳐박혀 있어야 했다. 분명 이 숙소를 잡을 때는 고요하고 푸른 바다를 바라보면서 와인을 마시고 아침엔 바다 수영을 하는 그런 낭만적인 휴가를 상상했는데, 애석하게도 그저 이상기후로 멸망하기 직전의 날 바닷가로 최후를 맞으러 온 몽상가 같은 장면이 연출됐다.

갈매기도 날지 않을 정도로 바람은 거셌다. 천진해변이라는 이름과는 어울리지 않게 거세게 치는 파도를 보고 있었다. 머리를 풀고 밀려오는 것처럼 허옇게 파도 거품이 일었다가 가라앉기를 수백 번 반복했다. 평화롭게 반짝이는 바다의 물결을 보면, 꼭 갑자기 커서 튼살이 생긴 어린아이의 무릎 같다. 어디로 뛰어가려고 저렇게 급하게 자라왔을까, 하고 생각하게 한다. 그리고 이렇게나 거센 파도는 무릎의 튼살이고 뭐고 아무거나 몰고 벽에 박기부터 하는 것 같고. 아무런 말도 하지 않고 바람이 두꺼운 유리창을 흔드는 소리를 들었다. 그때 내가 했던 생각은 나에게도 영원히 비밀이다.

비밀이라는 말은 어떤 대사에 들어가도 바보 같다. 그리고 정말로 바보 같은 말이지만 비밀은 가끔 사랑을 사랑으로 만든다. 난 너를 이만큼 믿고 이만큼 보여주는 거야, 너도 이만큼 보여줘. 이건 계약이다. 여기 넘어와도 돼. 널 믿으니까. 라고 내 금을 보여주는 마음. 그리고 그 사이를 넘어오면서 금을 밟지 않는 상대의 마음. 그 금을 어떤 펜으로 그렸는지 묻지 않는 태도. 굳이 말하려 하지 않는 담담함.

나는 대부분 앉아 있었고 내 사랑은 보통 먼저 일어났다. 그들이 나보다 먼저 일어나는 게 너무나도 슬펐다. 내가 일어나지 않는 이유는 내가 사랑에 더 게으른 사람이기 때문이었다. 나는 이토록 어설프게 구는 내가 나인 것이 가끔은 견딜 수가 없었다.

인생을 얼마나 자주 팔 수 있을까? 내 인생은 어디까지가 비매품일까? 과연 나만 가질 수 있는 인생이, 상상

속이 아니라 현실에도 가능한 일일까? 이런 인생은 필요 조건이 두 개 필요하다. 악의 없는 증오와 미움 없는 사랑.

인생에 증오가 필요한가요? 이 질문에 나는 물론 그렇다고 말한다. 내가 아직 (나를 포함해서) 아무도 죽이지 않을 수 있었던 이유는 증오 때문이다. 상처를 달고 살면서 이 순간이 언젠가 끝날 거라고 기대했던 건 내 증오가 나보다 멀리 가 있었기 때문이었다.

죽이고 싶었다. 나에게 용서를 빌라고 소리지르고 싶었다. 소리를 지르면 다들 날 쳐다볼 거란 생각에 다시 죽고 싶었다. 그런 일들이 반복되면 나는 누구를 미워할 힘이 없었다. 하지만 신기하게도 그런 나를 증오할 새로운 힘이 생겼다. 증오는 어렵다. 해야 할 일이 많고 단계가 복잡하다. 그날 치의 증오를 모두 끝내려면 죽어서는 안 됐다. 그렇게 나이를 먹었다. 증오가 나를 키웠다.

오래오래 행복하게 잘 살았습니다. 이런 말로 끝나는 순간은 없었다. 그래서 나는 그런 말을 내가 직접 하는 것보다, 그런 말을 가르칠 수 있는 아이를 만드는 것이 더 쉬울 것이라 생각했다. 낳는 것은 안 된다.

증오는 나를 기르고 내 품에서 눈을 감았다. 이제 더 이상 검지 않은 눈으로, 오히려 순종적으로 보이는 눈으로 나를 보고 잘 살렴, 하고 인사를 했다. 눈을 뜨고 죽었다. 감겨주고 싶었는데 그러지 않았다. 나를 키웠지만 내 밤을 모두 불면으로 만든 그의 눈을 감겨주고 싶지는 않왔다. 그는 나의 미친 양육자였고 태어나서 내가 한 번도 사랑할 수 없었던 신이었다.

사랑을 말하면서 신을 자주 거론하는 것은 나의 죄악이자, 내가 가장 잘 하는 일이기도 하다. 아무래도 나의 가장 큰 죄악은 교만이다. 내가 무언가를 이해하고 옮겨 적을 수 있다는 교만. 내가 노력하고 마음을 가꾸어 사랑을 학습할 수 있다는 교만. 내가 변방의 언어로 계속해서 떠들면 이 모서리진 언어로도 세상을 설명할 수 있다는 교만. 하지만 다른 죄악보다, 나와 나를 둘러싼 세상에 대해 지나치게 신뢰하는 죄악을 저지르고 있는 건 다행이기도 하다. 이런 생각을 하고 나면 신이 슬픈 얼굴로 나를 바라본다. 그러나 교만한 인간만이 끊임없이 신의 완전성을 불완전성이라고 규정하면서, 세상의 법칙과 본성을 설명해왔는지도 모른다. 이 세계에 꽉 차 있는 어떤 진리가 존재한다. 아무리 월등하게 교만한 마음이라고 해도, 그 마음은 결국 날카롭고 모난 것이라 결국 채울 수 없는 부분이 있다. 그 부분까지 꽉 차 있는 어떤 진리가 있다는 것이다. 그걸 아무나, 각자의 마음에 잡히는 대로, 그들의 언어가 명명할 수 있는 대로 야훼라고도 부르고 시바라고도 부른다. 나는 그걸 사랑이라고 부른다. 그러니까, 교만과 사랑은 맞닿아 있고 그 마음을 밀고 나가면 다시 분노에 닿는다. 그렇게 더듬고 나가면 내가 이해하는 세계 끝에 내가 믿는, 나를 위해 분노하는 신이 나를 바라보고 있다. 결국 여기까지 왔구나. 그가 탄식하면 나는 단 한 문장만 말할 수 있다. 그렇죠, 저는 교만하니까요. 그리고 교만한 인간이라서 만질 수 있는 신의 발등과, 그리고 그가 떠난 세계의 언어의 가능성에 대해서 생각한다.

신이 떠나면 종교는 무너지나? 그럴 리 없다. 신은 인간이 만들었고 만들어진 신을 위하여 종교도 만들어줬다. 오래오래 행복하게 살았습니다. 이 말을 대신 읊조리고 그들에게 그 말로 세례를 내려줄 존재를 위해 사람들은 신을 만들었다. 내가 아이를 만들고 싶다고 한 마음과 모두 같다. 신이 눈을 뜨고 죽은 신전에 나는 살림을 차렸다. 에어 프라이어와 와플 메이커를 두고 대파와 바질을 길렀고 기타와 우쿨렐레를 정리해두었으며 책을 색깔별로 꽂아두었다. 원래 신이 앉아 있던, 증오가 앉아 있던 자리도 깨끗해졌다. 저 의자에 내가 묶여서 맞았었지. 이제 한참 맞지 않아 매끈해진 볼을 만진다. 저 의자에 새로이 앉을 사람이 와도 괜찮을 것 같다고 생각했다. 신이나 증오가 아닌 사랑이.

사랑만큼 미워하기 쉬운 상대가 있을까? 조그맣게 줄어든 내 존재와 점점 커지는 연인의 목소리. 보통 그것이 내가 책과 영화에서 배운 사랑의 형태였다. 사랑에 잠을 이루지 못하면 술에 약을 타서 마셨다. 러시아 소설에서는 대부분 그랬고 그러면 문제가 해결됐다. 서울에 있는 나의 문제는 해결되지 않았다. 변기를 붙들고 모두 토해내면서 다 거짓말이네 하고 생각했다. 정말 멍청이 같다. 병원을 가야 하는 일에도 책을 붙들고 '이반이 이랬잖아. 마리아도 이렇다고 해서 죽지는 않았어.' 하고 스스로에게 처방을 내렸다. 하지만 그걸 쓴 작가들은 다 죽었다. 나는 이제 이렇게 멍청한 짓은 하지 않고 꼬박꼬박 병원에 가고 보험사에 제출해서 환급을 받고 운동을 가고 매번 나에게 바질 페스토를 넣은 콜드 파스타와 구운 대파를 먹인다. 증오는 나를 떠났고 사랑은 나를 키울 의무가 없어서 나는 나를 키운다. 잘 자라서 훌륭한 어른이 되렴.

사실 증오와 사랑은 모두 비정상적인 상태다. (내가 말하는 정상이란 사회에서 통용될 수 있을 정도의 바람직함을 말하는 것이 아니라 중용의 상태다.) 왜 사람들은 뭔가를 사랑하거나 미워하지 않고서는 견딜 수가 없는 것일까. 그런 견딜 수 없는 것들이 정말로 필요한 게 맞는 것일까? 그 기울어진 상태를 왜 그렇게나 오랫동안 예찬해온 건지, 도무지 알 수가 없다. 조금이라도 기울어지면 병이 생긴다. 도스토예프스키는 세상을 운명적으로 사랑하기 위해서는 기울어져야 한다고 말했다. 그 말에 전적으로 동의한다. 기울어져야 사랑이 된다. 미치려면 병이어야 한다. 너의 사랑도 병이냐? 나는 나에게 그 질문을 했을 때 그 말에 동조하지 않았었다. 왜냐면 앞뒤 맥락 없이 그런 단어들을 늘어놓으면서 설명을 하면, 누구라도 거부감이 들기 때문이다. 왜 나를 그렇게 규정하려고 하지? 하는 방어본능부터 생기기도 하고 말이다. 하지만 그 맥락을 모두

메꿀 수 있게 되고 나서야, 떨어지는 비를 손바닥과 손등으로 맞으며 생각한다. 그렇네요, 그 말이 모두 맞아요.

조금이라도 기울어지지 않고 흘러넘치지 않는 사랑이란 없어요. 애착 없는 사랑은 가능하지만 미움 없는 사랑은 불가능합니다. 그것은 내가 영원히 산다는 소문처럼 불가능해요. 논리학적으로 말이 되지 않는다는 소립니다.

그런데 보통 사랑은, 그런 것을 꿈꾼다.

사랑으로 좀 더 다른 사람이 되어 멀리 가고 싶다. 사랑의 마음을 밀고 가면 어디까지 닿을까? 언어의 바깥일 것이다. 하지만 그 마음이 나를 보는 시선의 바깥까지도 갈 수 있을까? 나는 그러지 않아도 좋을 것 같다. 나는 내 마음을 '모두'라고 보여준다. 하지만 그 마음이 '마음 전부'가 아니라는, 혹은 아니어야 한다는 사실을 이제 안다. 나는 안심하고 사랑하는 버릇을 들인다. 악의 없는 증오와 미움 없는 사랑의 태도를 가지고 있으면서도 무미건조하지 않게 사랑하는 방법. 그것은 내가 사랑이라는 단어로 어떤 세상까지 말하느냐에 따라 달려 있다. 나의 세계를 설명하기도 벅차다. 하지만 내 세계를 여과 없이 말하는 동안에도 세계가 조금씩 넓어지고 있다고도 생각한다. 여기까지 읽은 누군가의 방 한 칸, 서재의 작은 공간에까지 내 세계는 정말로, 공간적으로 넓어질 수 있다.

그래서 그 사랑이라는 것에 대해 오래 생각했다. 오래 생각했다고 해서 잘 생각할 수 있게 되었다는 것은 아니다. 장고 끝에 악수惡手를 둔다고 하니까. 그러나 장기가 정말 재미있으려면 악수가 많아야 한다. 그 악수들이 나를 만들었고, 나는 실수로 만들어진 세상에서 가장 완벽한 홈, 틈, 금을 찾아 그것들을 기록한다. 파인 홈에 볕뉘가 들고 갈라진 틈에서 코스모스가 피고 찻잔의 금 사이로 차가 조금씩 새서 손을 젖게 만든다. 축축한 손을 부드러운 천에 닦으며 창문을 연다. 내가 밤새 넓혀놓은 세상이 연두색 나뭇잎의 모양으로 창문부터 책상까지 닿는다.

미노광 필름들의 섬

　　나를 바라봐주는 사람들이 떠나고 나서 오도카니 남은 북경 국제 공항. 충전을 할 콘센트도 없고, 딱딱한 의자는 뒤로 푹 꺼지지도 않아서 붙이고 앉은 엉덩이와 발목이 시리고, 물을 마실 수도 담배를 필 수도 없고, 형광등은 빛이 너무 밝고 강해서 눈이 아프고, 앞자리에는 나와 비슷한 처지의 사람들이 내가 알 수 없는 언어들로 부지런히 떠들고 그들의 여러 입술과 이 사이에는 바람이 새는 소리와 군내가 부지런히 무럭무럭 난다.

　　볼륨을 최대로 해놓고 내가 좋아하는 가수들의 노래를 듣는다. 어디에나 사랑이 있다고, 길이 있다고, 빛이 있다고, 어쩐지 들판에서 차가운 가을 바람을 맞으면서 한참을 뛰어야 할 것 같은 노래를 듣고, 가끔씩 시간을 확인한다. 체크인을 하기까지 한참 남은 시간, 모두가 부지런히 떠나고 도착하는 목적지가 있는 곳에서 홀로 정체된 나, 내 앞의 인도인이 이탈리아인으로, 다시 중국인으로 바뀌는 시간 동안 허리가 아릴 정도로 가만히 앉아 있는 것이 꼭 내 삶 같다. 아무도 나에게 떠나가라고 흘러가지도 않다 보니 나는 초조하게 흘러가는 시간을 확인하면서 고여서 천천히 썩어가고 아파간다. 피어싱이 빠져 푸르스름하게 피가 고이기 시작한 입술 근처의 상처를 미적지 근한 혀로 자꾸만 누르면서 이 상처를 만져주는 사람이 내가 아닌 다른 사람이었으면 하고 생각한다. 사랑을 하면 잠이 없어지고, 꿈이 많아지고, 상처가 많아지고, 피가 많이 흐르게 되고, 그 상처와 피마다 붙는 딱지에 애인의 이름을 붙여 시를 쓰고, 속눈썹에 매달린 눈물을 모두 햇 빛이라고 생각하기 마련이다.

정체된 공항에서 비행기를 기다리는 일은 아주 따분한 일이다. 게다가 공항에 있으면 어쩐지 체력이 더 빨리 닳는 느낌이라서, 공항에 오래 있으면 있을수록 귀갓길이 아주 고단해진다. 비행기를 타고, 공항에 내려서 짐을 찾고, 여행에서는 설레기만 했지만 지금은 귀찮기 그지없는 트렁크를 덜덜 끌고 공항철도나 버스를 타고, 오르막길을 올라서…… 이 수많은 과정들을 거치고 나서야 내 방에 도착하게 된다.

어떤 장소에 관하여 말할 때, 그것에 대한 불완전한 진술보다 그곳에서 찍은 사진들이 더 많은 것을 설명할 때도 있다. 내 방에 관한 모든 걸 말할 수 있는 가능성에 대하여 생각해본다. 여러 잠재태들을 가정하고 있는 가능성이다. 예를 들자면 사랑하는. 미워하는. 증오하는. 오래된 나무토막들이 많은. 익숙한 글씨와 이가 빠진 찻잔이 즐비하게 늘어나 있는. 웃는 누군가의 얼굴. 기록하는. 그것들은 모두 사랑의 현실태가 된다. 내가 그 현실태를 모두 끌어안은 채로 그 방으로 돌아간다.

나는 내 방을 사랑한다. 활자의 뒤에 숨어서 고백하건대, 나는 무언가를 사랑한다고 말하는 것을 두려워한다. 사랑한다는 말은 지나치게 어둡거나 밝아서 위험한 말이라고 생각한다. 그럼에도 불구하고 나는 내 방에 대해서는 사랑한다는 말을 아끼지 않는다. 방이라는 말은 독특한 결을 가지고 있는 단어다. 내 대지를 떠나 섬에서 20대를 보내면서 나는 내 방을 내 집이라고 부르고, 또 그것을 사랑하는 것에 여념이 없었다. 나만 알고 있는 비밀번호를 누르고, 내가 좋아하는 것들로만 가득 채워진 서랍장들과 내가 미워해서 사랑할 수밖에 없는 글들만을 꽂아놓은 책장들은 멍하니 보고만 있어도 꼬박꼬박 행복해진다. 나는 방 밖에 나가고, 거울 속 내가 아닌 다른 사람을 보는 것을 무서워해서 내 방을 유독 사랑한다. 누군가에게는 집세가 아까워서 집에 빨리 들어가야지, 하고 농담을 하기도 했지만 매일 아침 방문을 닫고 나올 때 한걸음 한 걸음마다 나를 떠받치고 있던 녹색의 러그, 의자 때문에 흠집이 난 마룻바닥, 며칠째 여전히 접어두지 않은 빨래 더미 같은 것들이 모래가 되어 아주 깊은 바닷속으로 가라앉는 것 같다는 불안감에 휩싸인다. 다시 방 안으로 들어가서 이불을 덮고 숨어버리기에는 나는 내 방을 책임지고 있는 나이가 되어서, 하루에 몇 시간은 억지로 방 밖에 있어야 한다.

나는 내 나이를 열 손가락으로 세지 못하게 된 지 겨우 몇 년 뒤부터 방을 집으로 불러야만 했다. 집이 된 방은 끔찍하기도 했다. 화장실과 부엌이 분리되지 않았거나, 종종 그것들이 없는 집도 있었다. 가장 자기만의 공간이어야 할, 은밀하기 그지없는 화장실과 부엌을 남들과 공유해야 할 때, 나는 구역질을 하고 싶어졌다.

열일곱의 밤이었다. 나는 네 명이서 한 방을 나눠 쓰는, 두 명이서 한 침대를 두 층으로 나눠 쓰는 기숙사에 살았다. 몇백 명의 비슷한 얼굴을 한 사람들은 모두 똑같은 붉은색의 이불을 썼다. 노란색의 가는 선으로 체크 무늬가 수놓아져 있는 이불이 싫었다. 스프링이 좋지 않아 매트리스 안으로 푹 꺼지면서 흔들릴 리 없는 침대와 방이 마구 흔들린다는 생각을 했다. 나는 스물이 될 때까지 악몽을 꾸면 흔들리는 침대와 방에 갇히는 꿈을 꿨다. 꿈속에서도 멀미를 했고 그런 꿈을 꾸고 나면 후유증처럼 메스꺼움에 시달렸다.

그런 내가 비행기를 타는 것을 좋아한다는 것, 그리고 공항에 가는 것을 좋아한다는 것을 고려하여 감히 비유하자면, 파우스트보다 모순적인 인간임에 틀림없다. 신기하게도 나는 비행기를 탈 때만큼은 멀미를 하지 않는데, 이것 또한 파우스트적인 면모가 아니겠는가? 경유를 포함해서 약 40시간의 비행을 한 적이 있었는데, 뻐근한 허리나 다리, 그리고 씻지 못해 갈라지기 시작한 앞머리를 제외하면 울렁거리는 속은 없었기 때문에 그렇다고 자부할 수 있다. 내가 기억나지 않는 아주 어렸을 때를 제외한다면—나는 이 제외가 타당하다고 생각한다. 사람은 시간이 아니라 기억을 살기 때문에, 내 기억에 없다면 내 삶이 아니라고 단정해도 잔인한 일이 아니라고 생각한다.—
나는 열세 살에 비행기를 처음으로 탔다. 내가 어디로 여행을 갔는지, 얼마나 갔는지는 사진과 일기를 뒤적거려야 자신 있게 말할 수 있겠지만, 당연하게도 내가 공항에 처음으로 간 것만큼은 명확하게 기억한다.

공항은 모종의 비인간성이 있다. 회색이나 흰색 같은, 무채색으로 빽빽하게 채워진 공간은 사이버 펑크 장르의 여러 영화들 같기도 하다. 공항에 도착한 사람들에게서는 눅진한 냄새가 나고, 곧 출발할 사람들에게서는 신경질적이고 성근 바람 냄새가 난다. 나는 타인을 관찰하는 것을 좋아한다. 그들이 입 밖으로 내지 않으면 영원히 모를, 각자의 역사를 날줄 삼아 영화같이 상상력을 얽는 것을 좋아한다. 시민 케인의 사인을 검은색 낡은 캐리어에서 읽기도 하고, 블랑카의 붉은 손수건을 유독 챙이 넓은 모자에서 찾기도 한다. 주연 배우들에게는 허락을 구하지 않고 내 머릿속에서 영화를 두어 편 정도 만들고, 아카데미 시상식까지 마치고 나면 비행기를 타게 된다.

아무튼 내 공식적인 첫 비행은 비행기에 앉아서 무려 오십 분 정도를 기다려야 했다. 연착에 사과를 드린다는 방송이 연신 울렸고 내 옆에 앉았던 남자는 짜증을 내다 못해 결국 이미 여섯 번 정도는 읽은 것 같은 기내 면세품 안내 책자를 읽고 또 읽었다. 나는 열심히 비행기 내부를 살폈다. 처음 앉은 그다지 폭신하지 않은 의자는 익숙한 방을 떠올리게 했다. 비행기가 이륙 준비를 한다는 방송이 나왔을 때, 몇몇 승객들은 드디어! 하고 안도를 했지만 나는 불안감을 감출 수 없었다. 단단히 준비해놓은 수많은 멀미약들의 이름을 끄적이거나 외우면서 불안감을 떨치려고 했다. 비행기가 비스듬하게 누워 하늘로 떠오르기 시작했을 때, 나는 이것이 나를 언제고 괴롭혀오던 빙글빙글 돌아만 가는 악몽과 아주 비슷한 모양이라는 것을 깨달았다.

어딘가로 향한다는 목적성이 나를 안심시켰는지도 몰랐다. 도착할 곳이 있을 것이고, 그곳에서는 내가 나를 방 안에 가두지 않아도 될 것이라는 막연한 기대 같은 것들. 그때가 시월이었으니까, 시월이 있는 세상에서 사는 것이 얼마나 멋진 일인지! 하고 끝에 e가 붙은 앤의 말을 떠올려본다.

앤Anne은 자꾸만 손잡이가 빠져서, 그녀만 알고 있는 방법으로 가방을 들어야 한다고 얌전하서도 우아하게 말했다. 누군가와의 첫 만남에서, 비록 손잡이가 빠지는 가방을 들고 있다는 구질구질한 일을 설명하면서도 우아할 수 있다는 건 타고난 재능이다. 덜컹거리는 마차 위에 앉아서, 볼품없는 세간이 들어 있는 자그마한 가방을 들고 앉아서, 녹색 지붕의 집으로 가고 있는 앤을 생각하면 어쩐지 마음이 벅차오른다. 사정없이 흔들리는 마차에 앉아 있는 앤의 구두는 땅에서 한 뼘쯤 떠올라 있었겠지, 발이 떠 있는 그 순간 동안 앤은 자신의 꿈과 집을 번갈아 생각했겠지.

발이 떠 있는 그 순간. 나는 그 순간을 좋아한다. 그 다음 어딘가, 내가 사랑할 땅에 도착해서라고 말하면 열심히 기름을 먹었을 여러 비행기들이 아쉬워할지도 모르기 때문에, 나는 기어코 낭만적인 말들을 만들어본다. 덜컹거리며 바퀴가 안으로 접어들고 비스듬하게 비행기가 날면 발이 허공에 뜨고, 그러면 나는 맥없이 흩날리는 모래가 된 기분이다. 바람에 따라 흔들리고 몇 번의 음식 냄새가 나에게 들러붙고 나면 나는 비로소 흙덩이가 되고, 다시 비행기가 착륙했을 때는 귓바퀴를 긁어내리는 시끄러운 소리와 함께 땅 한 조각이 되었다고 생각한다. 그다음, 내가 다른 공항에서 내려 섬이 되는 과정은 아직 시작하지 않았다. 나는 여전히 섬이 되지 못한 방 속의 흙 한 줌이고, 섬이 되기에는 너무 좁은 방에 살고 있다. 하지만 언젠가, 몇 번의 비행을 거치고 나면 공항만큼 큰 섬이 될 것이라고 기대하고 있다. 막연한 기대다. 하지만 비틀거리며 걷는 이유는 지표가 빛나고 있기 때문이라고 말할 수 있다.

연인들의 히치하이킹

나랑 같은 표정을 하고 자자 옆으로 돌아눕지 말고

선언은 발간을 멈췄다
더 이상 전복할 사랑이 남아 있지 않았다

얼어붙은 바다를 걸으러 가자 영원히 죽지 말고

올바르게 앉아 운전을 하는
너 혹은 나

피멍울이 생길 때까지 입을 맞출 것이라 고집을 부리
고
그것이 슬프다고 오해한다

절벽과 급커브
우리를 스쳐 지나가는 트럭
떨리는 주먹과 바람

가장 불안한 화음으로

사람보다 사슴들의 눈이 커지고
깊어질수록 이상해지는 밤

아주 멀리 가자 우리가 되어서 너와 내가 되지 말고

숨이 멎을 것처럼 죄를 연습하고
도로에 유일한 손님으로 나타나서
차가운 손을 만진다

레이트 체크아웃

　요즘은 빨리 깬다. 새벽 네다섯시쯤이면 일어나니까 퍽 이른 기상이라고 할 수 있다. 지금은 아니지만, 한창 여름일 때는 더워지기 전 새벽에 한참 개천을 따라 걷곤 했었다. 새벽은 신기한 시간이다. 모든 것이 어슴푸레하게 보인다. 아직 잠에서 깨지 않아서 내 감정도 아직 어슴푸레하다. 뭔가를 열심히 미워하거나 슬퍼하는 기관이 멈춰 있기 때문에 하루 중 가장 고요한 때라고 할 수 있다. 물을 따라 걷는 걸 좋아하기도 한다. 물이 흘러가는 속도보다 내가 한참 느리게 걷는다는 것, 내가 물보다 뒤쳐져 있다는 사실을 좋아하기 때문이다. 나를 두고 앞서 나가는 것이 달려가거나 바쁘지 않게 느리게 흘러간다는 사실이 묘한 위안이 된다.

　서울은 참 물이 많은 동네다. 여기저기 한강이 흐른다. 서울 가장 끄트머리에 있는 우리 동네에도 물이 흐른다. 나는 지하철을 타는 걸 그리 좋아하지 않는다. 다들 바쁘게 어디론가 가고 있고 목적도 뚜렷해 보이는데 나만 덜컹거리고 있는 것 같기 때문이다. 그런데도 좋아하는 순간이 있다. 한강을 지나는 순간이다. 다들 휴대폰이나 책에서 눈을 떼고 반짝거리는 물이나, 빛이나, 일렁이는 바람 같은 것들을 본다.

한강은 신기한 공간이다. 서울의 상징 같다. 서울에 올라오면 제일 먼저 해보고 싶었던 일 중에 하나는 한강 공원에서 밤새 술을 마시는 거였다. 상경이라는 단어와 한강이라는 장소가 유독 잘 어울리기도 한다. 어디에도 맘 붙일 곳 없이 올라오는 것이 상경이라면 멈춰 있지 않고 철퍽철퍽 흘러가는 한강처럼 어울리는 곳이 또 없을 것 같다.

어떤 동네에는 물가에 빛이 많고 어떤 동네에는 사람이 많다. 가난한 동네에는 교회가 많다. 그 신들은 모두 피조물에게 일차적인 책임이 없는데, 그 신을 너무 사랑한 나머지 인간들은 기꺼이 인간만의 신을 새로이 창조했다. 참 멋지고 허약한 인류다. 서울은 참 신이 많다. 집 옥상에 올라가서 동네를 보면 붉은 십자가가 번득번득하다. 십자가가 빼곡할수록 이 동네에 슬픔이 많다는 생각을 떨칠 수가 없다. 그 십자가마다 각자의 신이 앉아 있다고 생각하면 소름이 끼친다. 신이 많고 슬픈 사람도 꼭 그 수만큼 많은 도시. 서울은 물도 더 차갑고 여름도 더 숨이 막히는 것 같다.

서울에 처음 올라왔을 때 나는 내가 이 도시에 이렇게 오래 살지도 몰랐고, 이렇게 이 도시를 증오할지도 몰랐고, 또 이 도시에 대해 이렇게나 많은 글을 쓰면서 이 도시를 사랑하게 될 줄도 몰랐다. 내가 사랑하는 사람과 미워하는 사람 모두 이 도시에서 태어났다는 게 신기할 따름이다.

　서울에서 산 지가 벌써 십 년이 다 되어가는데 아직도 나는 서울의 외부인 같다. 여전히 차갑고 모질고 거센 곳이다. 내 집은 아직도 방 같고 나는 언젠가 여기서 나와서, 어딘가로 돌아가야 할 것 같다. 대체 어디로 돌아가야 할지, 과연 돌아갈 공간이 있는지는 잘 모르겠지만, 자꾸 그렇게 착각을 하는 것이다. 하지만 그다지 좋아하지 않는다고 해서 이곳에서 언제나 괴로웠다는 것은 아니다. 나는 내 인생에서 소중한 사람들을 대부분 서울에서 만났다. 나랑 같이 술을 마셔주고, 아무거나 다 슬퍼하는 나를 위해 웃어주는, 나 대신 둥글고 착한 사람들.

　나는 언제나 착한 사람이 되는 게 희망 사항이었다. 그런 사람이 부러웠다. 구김살이 없고 잘 웃고 햇빛을 보면 생각나는 사람이 되고 싶었다. 다정한 말을 하기 위해 아주 고심하지 않아도 되고, 대부분의 사람에게는 무해하지만 사회에는 조금 유해할 수 있는 사람, 나는 그런 사람이 되고 싶었고 그렇게 만들어지지 않았기 때문에 슬프기도 했다. 그럴 때마다 나는 노래를 크게 틀어놓고 물구나무서기를 했다. 그런 사람이 될 수 없다면 우선 건강하기라도 해야겠지 하고 중얼거리면서.

　서울의 여름은 유난히 혹독하다. 사람이 많아서 그런 걸지도 모르겠다. 나는 여름이 싫다. 습해서 옷이 잘 마르지 않는 것도 싫고 조금만 걸어도 습하게 땀이 묻어나오는 팔뚝도 거슬린다. 서울은 건물이 높아서 바람이 잘 불지 않는다. 더 숨이 막힌다. 하지만 이상하게 서울의 여름을 생각하면, 나는 언제나 여름마다 무언가에 골몰하고 있었다. 몇천 장씩 사진을 찍기도 하고 엉망진창 B급 영화처럼 연애를 하기도 하고 매일 밤을 새며 논문을 쓰기도 했다. 그래서 나도 모르게 여름마다 이상한 기대를 하게 된다. 이번에는 어떤 것에 골몰하게 될지 말이다.

언젠가부턴지 모르겠지만, 나는 여름을 꼭 '여름의 계절'이라고 부른다. 여름은 차가운 내 팔, 뜨거운 네 손, 서로 잡는 동작, 웃는 입술, 입술 사이에 고인 사랑한다는 말, 둥글고 단단한 어깨, 사랑함이 내려앉는 곳을 찾으려 살피는 부드러운 마음, 그 사이의 뜨거운 공기와 눅눅한 냄새, 그래서 피어 오르는 수증기, 쏟아지는 비. 이런 것들의 대명사다. 이 모든 것들을 '여름'이라고 짧게 말하면 어딘가 아쉬운 마음이 남는다.

튀르키예에 갔을 때 바다 수영을 했었다. 배를 타고 바다 깊숙한 곳까지 들어가서, "자, 여기서 각자 뛰어놀면 됩니다." 라고 말하는 게 아닌가! 구명조끼도, 튜브도 없는데. 그런데 다들 그게 당연하다는 것처럼 풍덩풍덩 빠져 놀았다. 얕은 물도 아니고 그냥 지중해 바다 한복판인데! 키를 잡고 있던 내 또래 남자애의 둥근 어깨는 햇빛에 오랫동안 타서 갈색빛이었다. 내가 망설이고 있을 때 그는 이게 아무렇지 않다는 것처럼 "여긴 이오도 건넌 바다야." 하고 말했다. 일상적인 말에 신화적 비유를 넣는 나라라니, 참 낭만적이다. 결국 그의 말을 믿고 시퍼렇고 끝없는 바다에 눈을 꽉 감고 뛰어들 때, 짠 바닷물이 입 안으로 왈칵 들어올 때의 감각을 똑똑히 기억한다. 정말로 여름 같다. 계절이 나에게 쏟아진다는 말은 이런 것일 테다.

내 정수리에서 여름이 멈춰 있다. 햇빛이 볼을 타고 뚝뚝 떨어져 손바닥에 묻는다. 나는 피부가 잘 타지 않으므로 정수리에서 이 계절이 모두 미끄러지고 나면 볼과 어깨가 붉게 부풀어 있을 것이다. 열에 달군 바늘로 이 부푼 곳을 터뜨리면 어떤 빛이 흘러나올지 궁금하다. 여름의 햇빛은 보폭이 넓고 느리다. 오래 걸어가는 계절이다. 이 계절이 끝나면 다른 계절로 옮겨가서 또 무언가에 골몰하고 있을 것이고 높은 확률로 서울에서 그럴 것이다.

안정된 프리랜서가 되면(이 말 자체가 성립되기가 힘들지만) 이사를 가고 싶은 동네들을 추리고 부동산 앱으로 그 동네의 집값을 보는 게 취미 아닌 취미다. 대부분 서울이 아닌 곳이다. 하지만 우선은 체크아웃을 연장한다. 이 호텔 정말 별론데요, 너무 좋으니까 일 년만 연장할게요. 이상한 말을 하면서 물을 따라 걸어 올라가서 교회 십자가 불빛 때문에 커튼을 쳐야 하는 집의 문을 연다. 아무도 없기 때문에 다녀왔다고 인사를 하지 않아도 된다. 간단한 생활이다.

유형과 전형

사람을 몇 가지 유형으로 나눌 수 없다고 생각한다. 경험적인 결과들 몇 가지로 사람들이 모두 유형화된다면 그것보다 재미없는 세계는 없을 것 같다. 가령 나는 고등학교 2학년 때부터 성격유형검사에서 언제나 INTP가 나왔다. 그렇지만 그것이 내가 곧 '논리적인 사색가'라는 뜻은 아니다. 나는 화가 나면 "아니, 근데", 라는 말 외에는 잘 하지 못하고, 싸움이 끝나고 집에 오고 나서야 '왜 이 말은 하지 못했지' 하고 분해서 운다. 남들 앞에서는 사색가처럼 굴지도 않는다. 혼자 있을 때는 침묵이 제일 좋다. 하지만 타인과 있으면 상대가 나를 재미없는 인간이라고 생각할까 봐 마구 떠든다.

INTP에 속하는 유명인들. 알버트 아인슈타인, 르네 데카르트, 아이작 뉴턴, 엘런 페이지.

하지만 나는 내가 왜 차가운 우유는 무조건 글라스에만 담아 마셔야 하는지에 대해서도 이론을 만들어내지 못할 것이고, 사랑을 이론으로 한 모든 실험에 서투르며, 영화 〈인셉션〉에 출연할 생각이 없다. 그렇지만 오하아사[21] 1위를 할 때마다 일기장에 적어놓고 금전운을 보고 연금 복권을 산다.

21) 일본 ABC 텔레비전에서 방영하는 아침 와이드쇼 마지막 코너인 '占い(우라나이)'. 별자리별 오늘의 운세와 행운 아이템, 숫자 등을 알려준다. (오하아사=오늘아침)

사람은 유형으로 나눌 수 없지만 유형은 사람들을 나눈다. MBTI 유형 페이지는 별걸 다 알려준다. 어떤 페이지에서는 "INTP는 자신이 내킬 때 잘 수 있는 사람"이라고 취침 유형 분석까지 해줬다. 흠, 그런가?

핸드폰을 내려두고 자고 싶다고 생각한다. 자기에, 아주 내키는 기분이라고 생각한다. 눈을 감고 일부러 잠든 숨소리를 흉내 낸다. 베개에 얼굴을 반쯤 파묻고 느리고 규칙적으로 숨을 쉰다. 깊게 잠이 든 사람처럼 가끔은 깊게 숨을 들이마신 채로 잠깐 기다린다. 그렇게 네다섯 번쯤 숨을 쉬고 나면, 손끝부터 천천히 힘이 빠진다. 잠이 오나? 그렇게 생각했기 때문에 오히려 잘 수 없다. 아직 '진정으로' 내키지 않기 때문일 수도 있다.

진정으로 내켜 하는 나는 누구지? 생각이 필요하다. 설명이 필요한 것일지도 모른다. 아무것도 필요하지 않을지도 모른다. 그런데 이렇게 말하면 불필요의 필요성을 설명해야 한다. 골치 아픈 일이다.

우리의 설명 방식은 의미일 수밖에 없다. 우리의 언어는 현상된 세계를 기술하기 위해 만들어졌기 때문이다. 하지만 이렇게 말하면 언어가 평이하게 느껴진다, 지나치게. 현상된 세계는 실제 세계의 편린에 지나지 않는다. '현상한' 세계가 아니라 '현상된' 세계니까. 누가 이마에 핏대까지 세워가며 꽈아악 눌러 만든 세계 같다. 그래서 크고, 넓고, 깊고, 추상적이고, 중층적인 단어들을 좋아한다. 유대. 사랑. 평화. 증오. 철학…… 시? 시는 잘 모르겠다. 쓴 지

얼마 되지 않았으니까 판단을 유보한다. 하지만 사실 이런 단어들이 좋은 것은 그 추상 안에 현상이 너무 많이 겹쳐 있기 때문이다.

가령 나는 내 팔이 차가운 것. 맞댄 등은 뜨거운 것. 눈을 감고 얼굴을 앞으로 내밀었을 때 내 것이 아닌 속눈썹이 간지럽게 닿는 것. 입술의 피어싱이 뾰족한 것. 손가락 끝이 부르트는 것. 이런 현상들을 사랑이라고, 유대라고 기술한다. 이 기술이 쌓이면 시가 된다고 믿는다. 보이지 않는 세계를 설명하는 것은 은유일 수밖에 없다. 은유가 쌓이면 시가 되니까, 그럼 시는 현상된 세계에서 유일하게 입체적인 것이다. 시가 그래서 좋은가.

좋아?

글쎄, 사실 그것도 잘 모르겠다. 난 언제나 모르는 게 많고 단정 짓는 말도 잘 못 한다. 내가 단정할 수 있는 유일한 말은 "나 이거 못 해", 라는 말뿐이다. 그마저도 안 한다는 말은 또 못 한다. 성질은 못됐지만 성격은, 물에 술 탄 듯 하고 또 술에 물 탄 듯하다. 그냥 그렇다는 뜻이다. 그런 액체도 많이 마시면 취한다. 현상된 세계가 자주 무섭고 그 위를 떠다니는 언어는 가끔 나를 위협한다. 쟁반 노래방처럼 틀린 말을 할 때마다 꽝 하고 내 머리 위로 쏟아질 것 같다. 자주 말하면 현상된 세계가 부풀어 오를까? 인화 전의 필름처럼 너무 많은 색깔이 함께 있어서 안이 잘 보이지 않게 될까? 납작한 현상된 세계 안의 언어 사이에 솜을 채운다. 확신은 못 하지만 그게 시로 할 수 있는 일이라고 그 가능성을 믿는다. 그러다 보면 내가 술인지 물인지 단정할 수 있는 날도 올 거라고도, 믿는다. 여전히 단정도 확신도 아니고 신뢰다. 하지만 그런 게, 액체다운 인간이 할 수 있는 일이다.

오늘 누군가가 나에게 "넌 시가 장난이니?" 하고 농담 반 진담 반으로 물었다. "그럼 뭐 얼마나 비장한 마음으로 해야 되는데요?" 라고 대답했더니 "이래서 어린 여자들이랑은 문학 얘기 할 수 없다", 라는 대답이 돌아왔다. 내 대답도 반은 진담이고 반은 농담이었다. 뭐 문학만 엄청 대단한 삶의 방식이라고 내가 이거 하는데 비장한 각오를 가져야 하나? 그런 비장한 각오를 가진 사람들은 지금까지 뭐 얼마나 대단한 예술들 하셨을까?

하지만 나도 장난만 하자고 문학 하는 건 아니다. 가끔 나도 제법 비장하다. 나는 거침없이 미숙하다. 미움받는 것도 괜찮다고 나도 모르게 생각한다. 나를 모르고 미워하는 건 괜찮다. 하지만 나를 알고 나서 미워하는 건 절대 안 된다.

그러므로 나를 알게 된 사람들은 나를 미워하지 않기를 바란다. 이것은 내가 아무것도 증명하지 않고 오래 살기 위한 방식이다. 밤마다, 친구들이 써준 편지를 읽고 벽에 다리를 올린 채로 외로움과 고통의 시간을 부드럽고 말랑하게 바꾸려고 노력한다. 이상하다. 내가 조용히 있으면 다들 슬프냐고 물어본다. 그저 가챠 같은 건데. 가챠도 높은 확률로 엉망인데 내 인생도 엉망일 수 있지.

그 말랑한 시간 동안, 왜 시를 쓰냐는 질문에 대해서 열심히 생각해봤다. 나는 겁이 많아서 거의 매 순간 모든 것에 거짓말을 하고 싶어 하는데 그렇다고 매번 거짓말을 하면 슬퍼하는 친구들이 있으므로, 거짓말을 하고 싶을 때마다 시를 쓴다. 그러므로 내 사랑한다거나 명랑하다는 말은 반 정도의 확률로는 거짓말이다. 하지만 이 말은 동시에 반 정도는 진실이라는 뜻이다.

아무튼 난 사라지지 않고 오래 살 거니까, 사라지고 싶어지면 나한테 전화 꼭 해줘. 나는 어느 부분들은 너희들이라서 말없이 사라지면 자다가 팔이 잘린 기분일 거야. 그리고 혹시 사라지고 싶은 이유가 마음이나 꿈을 잃어버린 거라면 얘기해, 사다줄게. 세븐일레븐 망원점에서 GS성산점까지 뺀 발로도 걸어서 사다 줄게. 그러니까 그런 걸로는 사라진다고 하면 안 돼, 알았지? 나도 너희들한테 사라지고 싶을 때 꼭 미리 말할게. 팔이 잘리는 배신감 느끼지 않게. 그런데 나는 안 사다 줘도 돼 뭐든 간에. 우리 십 년 전에는 몰랐지 나는 내가 되고 너는 네가 될 줄을. 이렇게 됐으니까 이왕 이렇게 된 거 오래 살자.

나는 원래 친구들을 좋아한다. 별로 없으니까. 별로 없으니까 친구들을 많이 사랑한다. 내 친구들이 아프지 않았으면 좋겠다. 그래서 글을 쓰면서 만난 친구들에게도 그런 사랑을 주고 싶었다. 나 친구들의 글을 너무 좋아해,

다들 이 친구들의 글을 읽어줘, 정말 최고야, 우리 같이 만나서 무릎 맞대고 울자. 무릎이 맞닿지 않은 거리에서는 울지마, 달래줄 수가 없잖아, 그리고 쉼표 여섯 개. 오늘의 마음은 쉼표 여섯 개 안에 넣을 수 있다.

인류가 만든 마지막 심장

　　내 꿈은 조립식 인간이 되는 것이다. 트랜스 휴먼이라는 단어는 지나치게 최첨단인 것 같으니까, 조립식 인간이라는 말을 고집하고 싶다. 생각해보면 조립식 인간과 트랜스 휴먼이라는 말은 결이 다르다. 트랜스 휴먼이 팔에 터치 스크린을 심거나 눈을 깜빡이면 사진을 찍어 블루투스로 전송할 수 있는 존재라면 조립식 인간은 언제나 십자 드라이버를 챙겨 다니면서 팔다리를 풀고 조이는 존재 같으니까.

　　존재라는 말은 너무 무겁다. 처음 철학 공부를 시작했을 때 sein(하이데거, 존재)과 dasein(하이데거, 현존재)으로 세상을 설명하는 수업을 들었다. 벽 한쪽을 모두 채우고 있는 커다란 창문 옆에서 잎들이 흔들렸고 나는 그 그림자가 투명했기 때문에 507호의 수업을 좋아했다.

　　507호의 선생님들.

　　어떤 선생님은 유난히 나긋나긋한 목소리를 가지고 있었지만 수업할 때면 아무와도 눈을 마주치지 않으셨다. 어떤 선생님은 교단이 일제와 억압의 잔재이기 때문에 여기서 수업하실 수 없다며 책상에 앉아서 수업하셨다. 또 어떤 선생님은 들어올 때는 담배 냄새가 났지만 언제나 생명 이야기를 했기 때문에 수업이 끝날 때면 비린내가 나고는 했다.

생각해봅시다. 내가 여러분 앞에 가져온 이 유리컵은 여러분의 세상에 어떤 영향을, 그러니까 어떤 가능성을 가지고 있는 걸까요? 이렇게 말할 수 있겠습니다…… (이마를 짚으면서 교단을 돌아다닌다) 과연 이 유리컵이 없는 세상은 여러분의 세상일까요? 물론 제가 이 유리컵을 이 수업에 가져오지 않았더라면 여러분은 이 유리컵의 존재조차 모르고 있었겠지만, 유리컵을 보게 된 이상 여러분의 세상과 인식에 유리컵이 없다는 것은 상상할 수 없게 된 겁니다. 글쎄요, 한번 생각해봅시다. 저기, 창문 보고 있는 학생?

그러면 나는 화들짝 놀란다. 물론 어떤 선생님도 그렇게 나를 함부로 호칭한 적은 한 번도 없다. 선생님들은 입술을 다물지 않은 채로 먼저 말을 할 용감한 초인을 기다렸다. 나는 대부분 양 떼에 속했으므로 입을 다물고 흔들리는 이파리들을 보고 있었지만 가끔은 어떤 선생님이 거기, 창을 보고 있는 학생. 이라고 나를 함부로 부르는 것을 상상했다.

존재라는 말은 입 안에서 잘 굴러가지도 않고 동그란

발음도 하나도 없어서 발음을 할 때마다 이에 씌워놓은 금박이 덜렁거리는 것 같다. 괜한 호승심이 든다. 존재가 뭐? 존재하는 게 뭐 그런 철학적 설명이 필요한 거야?

다시 유리컵을 생각해보자. 유리컵을 정말로 생각해본 적이 있었다. 원기둥 모양의, 손자국이 얼룩덜룩한 유리. 손잡이가 없고 가장자리에는 입술 자국이 남아 있다. 누구의 자국일까. 뭘 마셨을까? 물? 물 같은 보드카? 보드카 같은 진? 얼음은? 수업 들어오기 전에 꽉 채워서 한 번에 들이켰을까? 그리고 나서 손가락으로 입술 자국을 문질러 닦았겠지. 아 그러니까… 이래서 유리컵이 없는 세상은 더 이상 내 세상이 아니라고 하는 거군. 내 앞에서 선생은 열심히 교수자의 역할을 수행하고 나는 턱을 괸 채로 상상한다. 저 사람이 술을 얼마나 마실지. 그런데 선생을 상대로 한 상상은 그다지 재밌지 않기 때문에 그만둔다. 그리고 남은 생각은 여전히 술이다.

술 마시러 가야지.

보통 이런 생각을 한 저녁은 슬프지도 않으면서 슬픈 얼굴로 술을 많이 마셨다. 나는 그런 얼굴을 하는 데에 탁월한 재능이 있었다. 실제로는 조금 슬펐던 것 같기도 하다. 나는 오래된 창문을 바꾸는 것에도 슬퍼했고 오래된 연필이 잘 깎이지 않는 것도 슬퍼했다. 자주 가지 않던 카페가 없어지면 그 사연을 마음대로 생각한 다음 슬퍼했고 지하철에서 누군가 울고 있으면 모자를 쓰고 따라 울었다. 하지만 다행히도 슬퍼하기 전에 대부분 화를 내고 있었기 때문에 너는 되게 자주 우는구나. 하고 말하는 사람의 앞에서는 울지 않을 수 있었다.

술을 너무 많이 마시거나 슬픔이 지나치게 느껴지면 심장을 덜어내서 차갑게 흐르는 물에 헹구고 싶었다. 과학적으로 말하자면 심장을 꺼내는 것보다는 뇌의 어떤 부분을 정교하게 자르는 것이 맞는 말이겠지만. 슬플 때마다 가슴 한구석이 콱 막혔다. 고대 그리스의 의사들은 감기에 걸려 콧물이 흐르면, 뇌가 흘러나오는 것이라고 생각했다. 심장이 생각하는 기관이었고 뇌는 흘러넘치는 과잉의 존재 외에는 아무것도 아니었다. 어느 정도 동의한다. (과학적인 동의가 아니라 문학적인 동의이다.) 감정의 기관은 정말로 심장일지도 모르니까, 심장만큼은 조립식으로 만들면 이 문제가 모두 해결될 것이라는 결론을 내릴 수 있다. 심장이 철로 만들어졌다면 어땠을까. 아이언맨 말고(물론 아이언맨의 심장도 철이 아닌 특수 합금이다). 아마도 나는 게으르기 때문에 철이 녹슬 때까지 기다렸다가 아프고 나서야 온갖 매체로 증상을 검색해보고서는 병원에 갔겠지. 그리고 새 심장으로 바꿔 끼우고 나면 아, 앞으로는 잘 관리해야지. 하고 생각했다가 사흘 정도 후면 떡볶이를 사 먹었을 것이다. 너무나도 태평하게.

철로 만들었다 하더라도 심장 박동 소리를 좋아한다. 사람마다 심장 박동 소리가 다르니까. 애인의 가슴팍에 손을 얹으면 그의 박동 때문에 손바닥이 간지럽다. 그의 심장은 상당히 빠르게 뛰는데 급한 일이 있는 것처럼 종종걸음을 치는 작은 동물의 박동인 것 같다. 그러면 그와 같이 걷고 있는 것 같다. 가만히 서 있는데도 말이다.

비슷한 이유로 기차 소리를 좋아한다. 덜컹거리는 소리. 물론 기차는 바쁘게 가고 있지만 같이 가는 기분이 든다. 기차 이후에 비슷한 소리를 내는 발명품은 다시 없었다. 인류가 만든 마지막 심장인 셈이다. 애석하다.

다시 유리컵의 얘기다. 유리컵에도 심장 박동이 있는지 생각해본다. 얼룩덜룩한 지문이 사실은 유리컵의 혈관이라고 생각해본다. 물을 마실 때마다 심장 전체를 쥐고 그의 혈액을 마시는 것을 생각해본다. 그런 것이 사랑이라고 생각하면 숨이 막히기 때문에 이럴 때 간단하게 '존재'라는 말을 써본다. 크고 거칠고 추상적인 말이니까 촘촘한 기분을 숨길 때에 좋은 말이다. 조립식 인간이 되기 좋은 방법이다. 생각하니까 존재한다는 말은 조립식 인간에게는 어울리지 않는 말이다. 조립하니까 존재한다. 존재한다는 말에 여러 가지 파편을 숨기기 적합하다.

질문. 윗글을 읽고 '존재'라는 말에 어떤 파편을 숨기고 싶은지 생각해봅시다.

양철통 마음

사람들은 정말 생각보다 모두 슬프고 전부 기쁘다.

다들 할 이야기가 정말 많아 보여서 부러웠고, 다들 찬란하게 슬퍼하는 것 같아서 질투가 났다. 적당히 게으르게 내 주변을 대해도 괜찮을 텐데, 내 마음은 언제나 바쁘게 누군가를 사랑했고 미워했다. 마음이 너무 자주 힘들고 무거웠다. 마음이란 건 대체 무엇으로 만들어졌길래 이렇게 연약하고 바쁘고 말랑거리기만 할까? 탄력성도 없이 늘어져 있는 주제에 잘 찢어지지도 않는다. 차라리 양철통으로 만들어졌다면 좋을 텐데, 하고 자주 생각했다. 마음이 양철통으로 만들어졌다면 우유를 차갑게 보관하기도 편할 테니까. 마음이란 건 없어도 좋을 텐데, 나를 구성하고 있는 수많은 것들 중에서 오직 마음만이 성실해서 이렇게나 자주 슬프고 외로웠고, 나는 그게 귀찮았다. 정말 어울리지 않는 말이다. 마음은 부지런한데 나는 게을러서, 나는 마음이 바삐 움직이는 감정을 따라가질 못했다. 언제나 나보다 앞서가는 마음을 따라잡기 위해서 나는 뭔가가 필요했다. 항상 발이 걸려 넘어지고 퉁퉁 부어 있는 무릎으로도, 마음을 따라잡을 수 있도록 할 수 있는 무언가. 딱딱한 도로 옆에 미끄럼틀이나 얼음호수처

166

럼 쉽게 미끄러질 수 있도록 하는 무언가. 다들 각자의 방법이 있겠지만 나의 방법 두 가지를 소개한다. 시 읽기와 몸을 움직이기다.

첫 번째, 시 읽기.
시 읽기는 가장 빠르고 효율적으로 세상으로부터 나를 분리시킬 수 있는 방법이다. 동시에 시 쓰기는 내 안의 타자를 가장 느리게 세계로 집어넣는 일이기도 하다. 이 두 가지 일은 모두 나에게 필요하다. 나는 세계에 대한 생각을 지나치게 많이 하는 경향이 있기 때문이다.

어떤 시는 성큼성큼 고아의 생각으로 나에게 다가온다. 아무도 그를 낳지 않고 태어난 그런 생각. 너무 많은 문장이 너무 적은 단어 안에 눌려 있어서 내가 그것을 소리내어 읽으면 마치 필름이 돌아가는 것처럼 그 세계가 풀어지는 것 같다. 개인 안의 이질적인 타자들이 한꺼번에 나에게로 쏟아진다. 존재의 상징성이 너무 무거워서 무릎이 턱턱 꺾인다. 이렇게 좋을 수가 있나. 현기증이 나는 글들을 손가락으로 훑는다. 그런 글들은 침대에 누워서 읽어도 이슬라마바드 한복판에 나를 던져놓을 수 있다. 그리고 이런 글을 쓰고 싶다고 책상에 앉아서 내 지나치게 구체적인 생활을 정리하고 솔직한 생각들을 윤이 나게 닦고 세워 놓으면서 천천히 다시 세계 속으로 들어오는 것이다. 이제 다시 서울이다.

'시 읽기'라고 좁게 말하긴 했지만 사실 모든 문학을

읽을 때 이런 마음이긴 하다. 나는 독서가 취미인데, 사실 독서가 취미라고 말하는 건 약간 용기를 필요로 하는 일이다. 독서가 취미라고 할 때는 내가 따분하고 고리타분한 사람이 아니라는 것을 증명해야 하거나, 혹은 이 대화가 흥미롭지 않아서 틀에 박힌 대답을 하는 것이 아니라는 것을 증명해야 하기 때문이다. 정말 슬픈 일이다. 나는 진심으로 책을 읽는 순간을 좋아하는데 말이다.

문학뿐만 아니라 다른 사람의 신변잡기를 (합법적으로) 훔쳐 읽는 것도 아주 좋아하는 취미다. 그래서 친구들에게 블로그를 하라고 권하고, 자기 전 친구들의 SNS에 업데이트된 일기를 훑는 것도 좋아한다. 그들이 무얼 먹고 어딜 가서 무엇을 사고 누구와 행복했는지, 그들의 생활을 아는 게 즐겁다. 이렇게나 기쁘고 성실하게 살고 있구나. 그들이 생활을 저버리지 않으려고 애쓰면서, 혹은 애쓰지 않으면서 일상을 보내는 일에 나도 힘을 얻는다. 나도 여기 오픈 토스트 먹으러 가봐야지. 친구가 추천한 카페에 북마크를 걸어놓으며 생각한다. 이렇게 생각하고 정말로 가본 적은 거의 없다는 게 문제지만.

그들의 일기를 읽을 때는 적당히 거리를 유지하면서 말할 수 있어서 좋다. 보통 남들이 볼 수 있는 일종의 공적일기에는 행복한 이야기를 많이 쓰기 때문이다. 그들의 슬픔이나 고독을 모른 척할 수 있다. 약간의 직무 유기라고 비방한다면 할 말은 없다. 아무튼 내 유일의 장점은 매일 일기를 쓰는 것인데, 한 삼 년 전쯤에 쓴 내 일기를 읽으면 그렇게 재밌을 수가 없다. 어쩜 그렇게 치졸하고 치사하고 못되먹었는지 놀라울 정도다. 내가 직접 겪은 일을 쓴 글을 읽는 것도 이렇게 재밌는데, 남이 쓴 글은 어떻겠냐는 말이다.

나는 시를 읽으며 이 작가가 무슨 비밀을 감추고 싶어 했는지, 그러나 그것이 어떻게 드러났는지 추측하는 걸 좋아한다. 소설을 읽으며 어디까지 진심인지 생각하는 것도. 그 순간들은 모두 나를 세계에서 멀찍이 분리시킬 수 있는 능력이다. 나는 그들이 상상한 세계 속에 허락도 받지 않고 성큼성큼 들어가 한복판에 앉은 다음 아무렇게 상상하며 그 멋지게 직조한 세계 사이에 형편없는 나를 끼워넣어 색채를 덧씌우는 걸 좋아했다. 나는『나니아 연대기』를 읽으며 옷장 문을 수십 번 여닫고,『연인』을 읽으며 프랑스령 베트남에 사는 가짜의 나를 만들어냈다. 그 '나'는 다이애건 앨리에서 지팡이를 사기도 했고, 윗집 노파를 살해한 후 어떻게 멋지게 고백할지에 관한 원고를 쓰기도 했고, 장맛비에 잠긴 상하이 빈민굴에서 비닐봉투를 엮어 데모를 준비하기도 했다. 이 '나'들을 상상하는 일은 너무나도 멋졌다. 물론 그러다 전자레인지가 다 돌아가는 소리나, 아파트 전체 방송 소리가 나면 시무룩하게 고개를 틀면서 내 방으로 돌아왔다. 황금빛 색종이나 미카MIKA의 엔딩곡 같은 보조 도구는 없는 삭막한 방이지만 내가 만들어낸 나와 인물들을 언제고 꺼내어 놀 수는 있었다. 그 순간들이 나에게 혼자 있어도 외롭지 않을 능력과 출근길마다 시집을 챙겨 읽는 성실함을 만들어준 셈이다. 내가 사랑하는 작가들이 먼저 만들어낸, 내가 사랑하는 주인공들과 함께 나는 자꾸 붓는 무릎으로도 내 마음보다 극적으로 멀리 갈 수 있다. 어쩌면 뭔가를 배운다는 건 내 마음보다 내가 먼저 가서 이해하는 걸지도 모르겠다.

두 번째, 몸을 움직이기.

두려워하지 않고 몸을 움직이는 것은 퍽 어려운 일이다. 나는 내 또래의 여자아이들이 대부분 그렇듯이 매체뿐 아니라 나를 훑어 내리는 폭력적인 시선들을 겪으며 자랐다. 체육복이 남들만큼 충분히 헐렁한지, 교복 치마를 허벅지 절반까지 잘라 줄였을 때 허벅지가 어디까지 떨어져 있는지, 얼굴은 얼마나 창백해 보이는지, 그런 것들이 10대의 나의 가치를 결정하는 아주 중요한 요소들이었다. 이런 요소들로 평가받으면서 내 몸을 겁먹지 않고 움직이는 것을 배우는 것은 사실 불가능에 가깝다. 운동장을 뛰는 내 뒷모습이 어떤지, 철봉에 매달리는 내 팔의 굵기는 적당한지가 더 중요했기 때문이다. 나이가 좀 들고 나서는 머릿결을 보면 재력을 알 수 있고 피부 상태를 보면 그가 얼마나 세련되었는지를 볼 수 있다는, 그런 말도 안 되는 평가 지표를 신경 쓰기 시작했다. 사탕 껍질 같은 옷을 입고 얼굴에 뭔가를 바르고 그리면서 더 예뻐 보이는 나를 찾아야 했다. 거울에 비친 나를 외면하는 방법을 배우는 게 꼭 사회의 미덕처럼 여겨졌으니까 말이다. 스티로폼 상자에 넣고 포장된 나는 몸을 움직이기는커녕 내가 원하는 대로 행동할 수 있는 능력을 박탈당한 셈이었다.

다시 몸을 움직이는 걸 배운 건 얼마 되지 않았다. 석사 논문을 마치고 반 년간의 유례 없는 휴가가 생겼다. 이때 가장 중요한 건 건강을 회복하는 일이었기 때문에(학교 대강당 계단도 한번에 오르지 못할 정도로 체력이 형편없어진 상황이었다.) 집 근처에 생긴 복싱장에 등록하러 갔다. 20대 후반부터라도 근육을 만들어놔야 나중에 디스크에 걸리지 않는다는 말 때문에 운동을 시작한 것이다.

"등록하러 오셨어요? 운동은 얼마나 해보셨어요? 운동을 하는 목적은?"

"운동은 그다지 안 해봤고…… 짱 되고 싶어요."

어차피 할 일도 없었겠다, 매일같이 복싱장에 출근 도장을 찍었다. 나는 운동 신경도 없는 데다가 나의 몸을 빠르게 움직여본 적이 별로 없었기 때문에 복싱장에서 하는 모든 동작이 낯설게 느껴졌다. 그나마 제일 잘하는 건 매일 복싱장에 나가는 성실함 정도였지만 그 성실함 덕분에 어느덧 나도 그럭저럭 미트를 잡을 수 있게 되었다.

복싱을 하다 보면 드릴이란 걸 하는데, 스파링을 위한 연속 동작 같은 것이다. 여러 개의 동작을 연속적으로 빨리 해야 하는데, 감독님은 언제나 "우선 해봐." 하고 미트부터 들었다. "어떻게 하는데요?" 하면 "아니, 내가 잡아

줄 테니까 우선 치라고." 하고 우선 몸부터 움직이게 했다. 드릴 중간에 순서를 까먹고 머뭇거리면 "계속하면 된다." 라고 말했다. 운동이니까 몸을 움직이면서 익히는 게당연한 일이라고 생각할지도 모르지만, 그 말이 이상하게힘을 줬다. 이해 안 해도 되고, 오래 생각하면 안 되고, 틀려도 우선 몸부터 움직이고 보는 일. 거울을 똑바로 보면서 자세를 고치고 숨이 찰 때까지 뛰면서 몸을 움직이는법을 익히게 됐다. 그럴 땐 내가 어떻게 보이는지가 중요한게 아니다. 어깨가 일직선인지, 글러브 사이에 입술이 보이는지, 훅을 날릴 때 팔꿈치가 잘 들리는지 확인하는 게훨씬 더 중요한 것이다. 그래서 짱은 되었냐고? 아직 현재진행형 중이다. 하지만 원래 챔피언은 쉽게 되는 법이 아니다.

생각보다 몸을 움직이는 일은 멋졌다. 내 팔이 어디까지 뻗을 능력이 있는지, 내가 얼마나 빨리 뛸 수 있는지 정확하게 알아가는 걸 이제야 배우다니! 운동을 시작하면서 나는 편하고 통기성 좋은 옷들을 사서 입기 시작했고내 외양이 어떤 모양인지 받아들이기 시작했다. 중요한 건내가 얼마나 말랐는가가 아니라 내 근력이 얼마나 되는지였다. 일단 복싱으로 운동을 시작하고 나니까 다른 반경으로도 몸을 움직여보고 싶어졌다.

그래서 시작한 건 요가였다. 더 이상 굽어가는 목과어깨를 방치할 수가 없었다. 요가는 복싱과는 많이 달랐다. 복싱장에서는 숨이 머리까지 차올라서 토하고 싶을 때도 감독님이 "이겨내! 너만이 할 수 있어!" 하고 일어나기를 요구하지만 요가원에서는 "매트 위는 회원님만의 세상이에요. 호흡을 통해 우주와 함께 쉬고 눈을 뜨면서 다시 태어납니다. 할 수 있는 만큼만 하시는 거예요." 하고 내 마음을 풀어놓는다. 요가 첫 수업에서 선생님께서는 "호흡으로 자기 세상을 만드는 겁니다. 들이마시며 오전을, 내뱉으며 오후를." 하고 나긋한 목소리로 얘기하셨다. 그리고 마음을 비우라고 했지만 그 얘기를 들으면서 '이거 시로 써야지.' 하고 아주 속물적인 생각으로 마음은 꽉 차다 못해 넘쳐 흘렀다.

　　요가를 하면서 내가 등 뒤로 팔을 잡을 수 없게 되었다는 걸 알았다. 분명 이 년 전까지만 해도 됐는데? 어떤 자세를 하면 통증이 강렬하다는 것도 알았다. 복싱은 내가 이만큼이나 강하게 주먹을 휘두를 수 있다는 걸 배우고 요가는 내가 이만큼이나 여기저기 아픈 사람이라는 걸 알게 해주는 운동이 된 셈이다. 아직 제일 잘하는 자세는 사바아사나[22]라는 게 아쉽지만, 그래도 의식적으로 호흡을 하기도 하고 시를 쓰기 위해 책상에 앉을 때마다 "이 책상 위는 나의 세상이고 내 마음대로 할 수 있는 곳이다". 라고 자기 최면을 거는 법을 배웠다.

　　또 요즘은 수영을 시작했다. 수영은 정말 오랫동안 제대로 배우고 싶은 운동이었다. 수영을 배우고 싶었던 이유를 설명하자면 내 오래된 걱정거리부터 말해야 한다. 나는 꽤 구체적이고 현실적으로 좀비 사태를 걱정하는 편

22) 죽은 자의 자세. 몸에 힘을 풀고 사지를 뻗은 채로 누워 있는 자세다.

이다. 아무도 없는 거리에서 누가 반대편에서 걸어온다면 그나마 밝은 쪽에 멈춰서 그가 제정신인지, 그러니까 한 번 죽었다 깨어난 상태가 아닌지 확인을 하기도 하고 서랍에 통조림을 넉넉하게 구비해두기도 한다. 그리고 집 근처의 대형 마트나 높은 옥상이 있는 건물도 체크해두는 편이다. 그리고 좀비 드라마를 보면, 필요해 보이는 운동이 세 가지 있는데, 하나는 마라톤이고, 또 하나는 클라이밍이고, 마지막 하나가 바로 수영이다. 생존에 관련된 운동이라는 거다.

아무튼 미래에 혹시 모를 생존을 위해 시작한 수영은 예상치 못한 부분에서 내 자존감을 높여주고 있다. 나는 수영을 동네 체육센터 새벽반에서 배우고 있는데, 새벽반 특성상 내가 가장 어린 나이이다 보니 내가 발장구만 쳐도 "올림픽 인재감이다. 젊은 게 역시 좋다" 라는 말을 듣기 때문이다. 다음 올림픽은 삼 년 남았다며 진지하게 말씀하시는 할머니들 사이에서 열심히 발장구를 치고 있다. 좀비 사태가 일어나지 않는다면 제일 좋겠지만, 좀비 사태가 일어나더라도 깊은 물 속의 밸브를 열거나 잠겨 있는 문을 열고 탈출할 능력을 잘 기르도록 하겠다.

언제나 바쁜 마음을 따라잡기 위해 바쁘게 상상을 하고 쉼없이 몸을 움직여야 한다니, 참 비효율적이기도 하다. 하지만 비효율적이라는 건 많은 시도를 한다는 뜻이고, 적어도 재밌을 수 있다는 뜻이다. 내 마음은 양철통이 될 수는 없겠지만 대신 양철 같은 코어는 가질 수 있을 것이다. 아직은 담금질 전의 쇳물 상태지만. 강인해진 코어와 동반되는 강인한 마음으로, 오늘도 운동을 가기 위해 짐을 챙긴다. 버스를 타고 운동하러 가는 시간 동안은 시를 읽고 상상을 할 것이다. 예를 들면 아주 멋지게 늙어 오토바이를 타고 샌디에이고 해변가를 따라 질주하는 할머니가 된 나라든가. 멋진 할머니가 된 나는 여행을 왔다가 얼떨결에 세상의 멸망을 막기도 하고, 뭐 그런 평범하고도 비범한 일들을 하지 않을까 싶다.

영원히영원히

영원히 살고 싶어 영원히 여기 있고 싶어 영원히 사랑하고 싶어 이런 말을 들을 때면 생각해. 우리는 이런 말들에 대한 권리가 없다, 살고 싶다는 것은 너무 많은 부가적인 설명을 필요로 하고, 여기 있기 위해서는 '여기'를 또 만들어야 하고, 사랑하기 위해서는 네가 필요하니까 우리가 아닌 '우리'가 필요해지니까 우리는 같이 죽은 시체를 치우거나 상처받은 영혼을 만들 수는 있었지만 영원히 살거나 영원히 여기 있거나 영원히 사랑하는 것은 어려웠다 시체는 죽은 사람만 있으면 되고 상처는 때린 사람만 있으면 되지만 다른 것들은…… 건강한 것들이, 사랑스러운 것들이, 행복한 것들이 삶이라고 배웠지만 그것들을 가르쳐주던 선생님들도 대부분 불행한 얼굴을 하고 있었다 그들은 이런 것들을 나보다 먼저 배웠을 텐데 더 오랫동안 알았을 텐데 그런데도 저런 얼굴을 하고 있다는 것은 아마도 영원히 살고 여기 있고 사랑하는 것은 사람으로서는 하지 못할 일들일지도 어떻게 해야 할까 그러면, 우리는 '영원'이라는 말을 빼고 말을 할 수는 없는 걸까? 잠깐 살자, 잠깐 여기 있자, 잠깐 사랑하자, 그런 말들을 하면 '우리'는 깨진다 그런 말을 하면 너는 슬픈 표정 혹은 상처받은 표정을 하고 그런 표정 앞에서 나는 또 쉽게 죽은 시체나 상처받은 영혼이 된다 내가 영원이라는 말을 하고 싶지 않은 너는 일요일마다 늦잠을 잔다 아직 깨지 않은 네 머리카락과 이마 사이의 경계를 쓰다듬으며 그것을 짚으며 항상 앞장 서서 덩굴을 끊거나 나무 옹이를 타고 오르던 어린 시절을 생각한다 너와 함께 하지 않았던 그 때 나는 그 때가 영원이라고 생각했었다 네가 모르는 그 나무에 너를 데려다놓는 상상을 한다 그 여름을 함께 살면 우리는 영원과 잠깐 모두 몰라도 될 것 같다 이따가 점심 먹고, 내일도 만나, 저녁 먹을 때까지만 놀자, 그 때는 그런 말들이 행복의 징후였다 너의 이마 경계를 누른다 잠든 네 눈꺼풀 안을 보고 싶다 어지러울 정도로만

물벼룩과 호두나무 사이에서

잘 자, 사랑해, 우리 오래 살자.

내가 트위터에 가장 자주 쓰는 말이다. 나와 내 친구들은 언제나 한 명은 불면에 시달리고, 또 다른 한 명은 누군가를—높은 확률로 나—미워하고 있고, 마지막 한 명은 앓고 있다. 서로 폭탄 돌리기를 하고 있는 것 같다. 심지가 얼마 남지 않은 폭탄에는 크게 '불행 서사'라고 적혀 있다. 그 폭탄이 누구의 손에서 터질지는 아무도 모른다. 나는 그 폭탄의 심지가 과학적인 법칙을 거스르고 다시 길게 자라기를 바란다. 그러나 한 명 한 명에게 찾아가 왜 잠을 자지 못하니, 얼굴이 안 좋아 보여, 사는 게 힘들지, 하고 다정한 말을 할 능력은 없어서 불특정 다수를 위해 자주 쓴다. 잘 자라고, 사랑한다고, 우리 오래 살자고. 그 불특정 다수의 수신자에는 언젠가 폭탄을 건네받을 미래의 나도 포함되어 있다.

잘 자.

4년 전 여름이었다. 아니, 봄이었나? 자주 봐주지 않아서 얼어 죽은 선인장을 내다 버렸으니까 봄이었을 수도 있다. 첫 월급 턱을 내는 친구들이 많아졌다. 과제나 팀프로젝트가 아니라 연말정산이나 전셋집 등이 대화의 주제가 되었다. 나는 그때, 석사논문을 쓰고 있었고 그들처럼 생활에 밀착된 말을 할 줄 몰랐다. 영원히 이데올로기, 패러다임 같은 추상적인 단어들로만 말할 수 있을 것 같다는 착각을 하고 있었다.

간단하게 말하자면, 나는 초조했다.

나만 도태되고 있는 것 같았다. 월세에 전전긍긍하고, 정장 대신 도서관에서 밤을 샐 때 입을 후드와 헐렁한 트레이닝복 바지만 옷장에 걸려 있는 사람은 내가 생각한 '멋진' 어른은 아니었다. 게임으로 따지자면 튜토리얼을 깨지 못하고 몇 년째 튜토리얼만 하는 이상한 플레이어 같았다. 그래서 도피성 수면이 늘었다. 해야 할 일이 산더미처럼 쌓여 있었기 때문에 잠을 줄여도 모자랄 지경이었는데, 억지로 침대에 누워서 이불을 머리끝까지 뒤집어썼다. 그렇다고 해서 바로 잠들지도 않았다. 대신 이불 속에서 시뮬레이션을 했다.

예를 들면 이런 식이다. 내일 오전 9시에 논문 발표가 있고 지금은 오후 7시 38분이다. 정각에 시작하고 싶기 때문에 8시까지 기다리면서, 8시에 시작한다면 앞으로 얼마나 논문에 시간을 쓸 수 있는지를 계산한다. 그리고 그 시간별로 해야 할 일들을 머릿속으로 정리한다. 물론 이 시간에는 노트북을 부팅시키거나 등교를 하는 시간, 그리고 나의 집중이 해이해지는 시간은 전혀 포함되어 있지 않아서, 완성된 스케줄은 거의 불가능하다.

하지만 이 과정을 거치고 나면 내 마음이 덜 불안해진다. 바쁘게 시간을 쪼개놓으면 생활인이 된 것 같아서, 실질적으로는 아무것도 하지 않았지만 꼭 뭐라도 한 것처럼 덜 불안해진 마음으로…… 새벽 4시까지 잔다. 억지로 일어나서 두 시간 정도 글을 수정하고 나면 당연히 오전 9시의 논문은 엉망진창이 된다. 그 이후의 스케줄은 완벽하게 해내지 못한 나를 자책하는 것이다. 그러면 또다시 아무것도 하고 싶지 않아서 도망가는 것처럼 잔다.

그 시기가 어떻게 지나갔는지, 이상하게도 잘 기억이 나지 않는다. 일기장을 뒤져보았지만 꼭 어제처럼 평온해 보이기만 하고 불안한 소용돌이보다는 오히려 덕지덕지 붙여놓은 괴이한 스티커 취향에 놀라기만 했다. 반짝거리는 홀로그램 스티커를 빈틈도 없이 꽉꽉 채워놓은 페이지를 보며 생각했다. 분명 화려했을 홀로그램이 다 벗겨져 있었다. 보통 기억이라는 게 이런 식이다. 덥고 습했던 고등학교 때의 여름도 몇 년이 지나고 나니까 청량한 색으로 남아버린 것처럼, 일종의 '추억 보정'이 들어가는 셈이다. 그래서 나이가 많은 사람들이 '그때가 좋았지', 라고 자주 말하는 것일지도 모르겠다.

하지만 과거의 나에게 그때가 좋았다고 지금의 내가 말하면, 그때의 나는 벌컥 화를 낼 것 같다. 이게 좋아 보여? 행복해 보이니? 아무것도 모르면서 함부로 말하지마!

라고 소리를 지를지도. 게다가 그때의 불안은 아직도 종종 나를 덮치기 때문에 나는 그때가 좋았다고 함부로 말하지 않는다. 그리고 과거의 나의 고통을 두고 '지금 나는 자랐으니까', 라고 말하는 건, 여전히 자신이 없다. 오히려 어른이 된다는 건, 나에게 닥치는 세계를 부분적으로 거절하는 법을 배우는 것이다. 그렇게 함으로서 나를 고통스럽게 한 그 세계가 존재하지 않는다고 생각할 수 있으며, 그 빈 부분만큼 나를 세계에 밀어내 세계를 채울 수 있다. 세계와 등가교환하면서 나를 확장하거나 축소시키는 방법을 익히는 것은 시간이 필요한 일이고, 그 일이 익숙해질 때까지는 혼자 입을 꾹 다물고 있어야 한다. 오랫동안 침묵했기 때문에 할 말이 많다. 그래서 자꾸 말하는 것이다, 잘 자라고. 그리고 혹시 잠이 안 오면 나랑 얘기하자고.

사랑해.

올해 나에게 생긴 가장 큰 변화는 시를 쓰게 된 것이다. 나는 환경의 변화를 좋아하지 않는다. 그래서 시를 발표하게 되었을 때, 이것 때문에 내 생활 반경이나 감정이 달라지게 될까 봐 두려웠다. 무엇보다 나는 시를 쓰는 문법을 모른다고 생각했는데, 내가 할 줄 모르는 언어로 너무 많은 사람이 듣도록 말을 한다는 건 두려운 일이었다. 그래서 내가 지켜야 할 문법들을 검색하기 시작했다. 수

상 소감은 어떻게 써야 하는지, 청탁이라는 게 뭔지, 첫 시집은 어디서 내면 좋은 건지. 아무리 웹에서 검색을 해도 그런 정보들은 잘 나오지 않았다. 결국 아무것도 모르는 채로 '등단'이라는 이상하고 간단한 말로 떠밀려서 무대에 나오게 되었다. 물론 그 무대가 대형 무대는 아니었고, 동네 라이브 바의 작은 원형 무대 정도이기는 했다. 하지만 그 무대에 올라가는 것조차도 나에게는 꽤 많은 노력을 필요로 했다. 이러다가 실수라도 하면 어떡하지? 라고. 나는 올해 초, 그런 생각을 하면서 거의 매순간 불안해했다.

하지만 지금은 신기하게도 시를 쓰는 것에 대해서 불안해하지는 않는다. 친구들 덕분이다. 올해 초, 우리 집 옥상에서 옥상 낭독회를 했다. 반쯤은 농담으로, 오실 분들은 오라고 SNS에 올렸다. 그런데 실제로 한 번도 본 적 없는 사람들이 각자 쓴 시와 나누어 먹을 것들을 들고 서울의 가장 끝자락에 있는 우리 집까지 왔다. '진짜 이상한 사람들이야, 내가 못되거나 이상한 사람이면 어떡하려고 이렇게 덥썩 믿고 여기까지 왔대?' 하고 생각하면서도 노을이 지는 순간에 시를 읽는 낯선 목소리들을 들었고, 늦은 밤까지 이야기를 했다. 시 이야기를 했고, 그것들 사이에 숨겨서 하고 싶은 말들도 했다. 그날 처음 본 낯선 사람들이 내가 시를 쓰면서 만난 첫 친구들이 되었다. 시를 쓰다가 고민이 될 때 친구들한테 물어본다. 이렇게 하는 거 맞아요? 그러면 대부분, 친구들은 비슷한 말을 한다.

맞는 게 어딨어요!

그런 대답을 들으면 웃게 된다. 마음 붙일 곳이 생겼다는 게 신기했다. 원래 서울은 마음 붙일 장소가 없고, 또 요즘 같은 외로운 시대에는 마음 붙일 마음 모두 없다고 생각했었으니까. 내가 사랑한다는 말을 할 때, 서울 이야기를 하지 않을 수가 없다. 내게 등단은 상경과 비슷한 결을 가지고 있다. 실제로 두 단어 모두 이상하게 편을 만들고 선을 갈라놓는 거니까 비슷한 단어이기도 하고.

나는 서울을 그다지 좋아하지 않는다. 스무 살 때부터 서울에 살았으니까 내가 태어난 곳보다 더 오랫동안 내가 늙어간 곳인데도, 서울은 언제나 차갑고 슬프고 모질고 거센 곳처럼 느껴졌다. 내 서울의 집들은 집이 아니라 방이었고 밀려난 사람들에 대해 추모할 시간을 주지 않는 곳이라고 생각했다. 하지만 좋아하지 않는다고 해서 여기서 언제나 괴로웠다고 말하는 것은 아니다. 나는 소중한 사람들을 대부분 서울에서 만났다. 나와 같이 커피와 술을 마시고 서울식물원에 가주고, 슬퍼하는 나를 위해 웃어주는 둥글고 착한 사람들. 그런 사람들은 나를 물벼룩이 되고 싶게 만들었다가도 호두나무가 되고 싶게도 만들었다. 나는 그들에게 내 마음을 솔직하게 말하는 연습을 했다. 다른 말보다, 사랑한다는 말은 어쩐지 하기가 쉽다. 그리고 사랑한다는 말을 시에서 쓰면, 조금 슬퍼지고 많이 행복해진다. 사랑한다는 말은 시와 닮았다. 하고 싶은 이야기는 따로 있으면서 간단한 말로 대신 하려는 태도가 닮았다는 뜻이다. 나는 서울에서 만난 친구들에게 민들레 홀씨처럼 아주 얇은 뿌리를 그들의 마음에 붙였다. 그 뿌리는 사랑한다는 말로 붙이고 기를 수 있다. 그 말들을 붙인 친구들의 마음에는 뭐가 자랄까. 시를 쓸 때마다 내 시를 읽을 그들의 표정을 상상한다. 울지 않았으면 좋겠다. 우리는 너무 많이 울면서 자랐다. 늙을 때는 많이 웃으면서 늙고 싶다.

우리 오래 살자.

내게 친구들은 미신 같다. 내가 그들을 믿고 사랑한다는 것은 횡단보도를 건널 때 흰 선만 밟는다거나, 엘리베이터 문이 닫히기 전에 도어록을 해제하고 집에 들어가야만 하는 이상한 규칙을 만드는 것과 비슷하다. 그런 일들에는 모종의 논리적인 문법이 필요하지 않기 때문이다. 어떤 규칙으로도 설명할 수 없는 세계를 말할 때 나는 조금 괜찮아진다. 불안하다는 건, 나의 경우 모든 것이 너무 지나치게 잘 정돈되어 있고 완벽하게 정해져 있으면 생기는 감정이다. 그래서 문법을 지키지 않은 말을 하지 않는다고 해서 너무 슬퍼하지 않으려고 한다. 올해 새 선인장 화분과 함께, 새롭게 들일 버릇이다.

그리고 이 글을 모두 읽으면 다들 내 친구가 되는 거다. 내 친구들은 모두, 너무 많이 슬퍼하지 않았으면 좋겠다.

오래 사귄 친구들과, 또 새로 생긴 친구들에게.

잘 자, 사랑해, 우리 오래 살자.

꼭.

약속

　우리 이것들은 약속하자. 우리는 사랑하기 때문에, 서로 두려워하지 말라는 말은 함부로 하지 않기로 약속 하자. 서로가 하는 모든 걱정이 자질구레하거나 허섭스러 운 것이 아님을 기억하자. 내가 차갑기 때문에 네가 뜨겁 다고는 생각하지 말자. 서로 무너질 때 그 아래에 있지 않 기로 하자. 비가 오면 같이 맞지 말고 우산을 사러 가자. 가까운 편의점에 우산을 팔지 않으면 우동을 사 먹기로 하자. 절대 비가 온다고 한복판에 서서 비보다 더 축축하 게 젖지 말자. 잠이 오지 않는 밤에는 억지로 자라고 말하 지 말자. 잠이 오지 않는다고 새벽에 만나자고 하지 말자. 우리는 서로 새벽에 생각나는 사람 말고, 아침에 생각나 는 사람이 되자. 우리는 새벽에 내 실패한 사랑을 꺼내보 며 그 이음새로 쓰기 위해 서로를 생각하지 말자. 대신에 우리는 아침에 서로의 별자리 운세를 먼저 읽어주자. 우 리는 서로의 옷이 무슨 색깔인지 기억하지 말자. 대신 그 옷을 입은 우리가 어떤 얼굴을 하고 있었는지 기억하자. 우리는 서로의 목에 어떤 흉터가 있었는지 생각하지 말 자. 대신 닿은 무릎이 얼마나 동그란지, 그래서 우리는 얼 마나 멀리 건강하게 뛰어갈 수 있는지를 생각하자.

변방의 언어로 사랑하며

1판 1쇄 펴냄 2022년 8월 29일
1판 3쇄 펴냄 2024년 8월 29일

지은이   이유운

편집   송승언, 서윤후, 정채영, 이기리
디자인   한유미, 정유경

펴낸곳   아침달
펴낸이   손문경
출판등록 제2013-000289호
주소 04029 서울시 마포구 양화로7길 83(서교동 480-26) 5층
전화 02-3446-5238
팩스 02-3446-5208
전자우편 achimdalbooks@gmail.com

ISBN 979-11-89467-66-1 03810

아침달